DER BANDIT

MONTANA MÄNNER - BUCH 3

VANESSA VALE

Copyright © 2020 von Bridger Media

Dies ist ein Werk der Fiktion. Namen, Charaktere, Orte und Ereignisse sind Produkte der Fantasie der Autorin und werden fiktiv verwendet. Jegliche Ähnlichkeit mit tatsächlichen Personen, lebendig oder tot, Geschäften, Firmen, Ereignissen oder Orten sind absolut zufällig.

Alle Rechte vorbehalten.

Kein Teil dieses Buches darf in irgendeiner Form oder auf elektronische oder mechanische Art reproduziert werden, einschließlich Informationsspeichern und Datenabfragesystemen, ohne die schriftliche Erlaubnis der Autorin, bis auf den Gebrauch kurzer Zitate für eine Buchbesprechung.

Umschlaggestaltung: Bridger Media

Umschlaggrafik: Illustrated Romance

HOLEN SIE SICH IHR KOSTENLOSES BUCH!

Tragen Sie sich in meine E-Mail Liste ein, um als erstes von Neuerscheinungen, kostenlosen Büchern, Sonderpreisen und anderen Zugaben zu erfahren.

kostenlosecowboyromantik.com

1

AROLINE

Das kleine Nickerchen, das ich zwischen August Point und Lewistown gehalten hatte, war nur vorgetäuscht gewesen. Ich täuschte *alles* vor. Es war sogar so schlimm, dass ich fürchtete, mich selbst zu verlieren. Vielleicht hatte ich das bereits, da ich einfach so eine Zweckehe eingegangen war. Die Reise von Minneapolis zum Montana Territorium hatte endlos gedauert. Zuerst war ich in einem Zug durchgeschüttelt, dann in eine Postkutsche mit zwei anderen Frauen gequetscht worden, die genauso nervös und ihrem Schicksal skeptisch gegenüber gewesen waren wie ich. Eleanor und Emily, die ebenfalls Versandbräute waren, hatten ihre Ehemänner an den vorgesehenen Haltestellen kennengelernt und mich allein mit meinen Gedanken gelassen, während ich zu meinem Endziel reiste. Apex. Zu guter Letzt.

Ich hatte nie enge Freunde gehabt. Mein elendes Familienleben hatte diese Art von Verbindungen weder gutgeheißen, noch ermöglicht. Eine Freundin aus der Schule hatte ab und zu auf einen Besuch vorbeigeschaut, war aber nur so lange geblieben, wie mein Vater nicht dagewesen war. Sowie er sich bemerkbar gemacht hatte, war sie in die Sicherheit ihres eigenen Zuhauses davongeeilt wie eine Maus, wenn eine Laterne entzündet wird. Ein Blick auf das bösartige Funkeln in seinen Augen, den harschen Tonfall seiner Stimme und sie hatten sein wahres Wesen gekannt. Teuflisch. Und so war ich hauptsächlich allein aufgewachsen. Keine Vertrauten, keine Busenfreundinnen, mit denen ich lachen und unsinnige Gegenstände wie Haarbänder hätte austauschen können. Wegen der Niederträchtigkeit des Mannes hatte ich mich an ein erbärmliches, einsames Leben gewöhnt, weshalb die Reise nach Westen mit zwei anderen Frauen eine ziemliche Umstellung bedeutet hatte.

Nicht, dass Eleanor oder Emily unfreundlich gewesen wären. Ganz im Gegenteil. Sie waren Frauen, in denen ich verwandte Seelen gefunden hatte. Lebhaft, quirlig, frohen Mutes. Wir waren jedoch nur vorübergehend Freundinnen, da wir mit Männern in drei verschiedenen Städten verheiratet waren, die bloß Punkte in der weitläufigen Landschaft des Montana Territoriums darstellten. Ich hegte keine Hoffnung, dass ich sie wieder sehen würde, auch wenn wir einander geschworen hatten, in Kontakt zu bleiben. Als ich wieder allein in der Kutsche war, verspürte ich den Trost und die Vertrautheit der Einsamkeit. Einsamkeit war sicher. Selbst jetzt, hunderte Meilen von Minneapolis entfernt und obwohl ich wusste, dass mein Vater nicht von den Toten auferstehen könnte, um mich weiterhin zu quälen, hatte ich Angst. Ich hörte nie auf, wachsam zu sein. Verängstigt.

Die Luft in der Kutsche war stickig und dick mit Staub angereichert, die Hitze so schwer wie eine Winterdecke. Ich rollte eine Lederklappe zur Seite, womit ich der kühlen Luft erlaubte, hereinzuwehen, auch wenn die einzige entblößte Haut meines Körpers, die sie genießen konnte, mein Gesicht und meine Hände waren. Selbst der Kragen des hellblauen Kleides war einengend. Ich sehnte mich danach, die winzigen Knöpfe an meinem Hals zu öffnen, aber das wäre unschicklich. Das Aussehen war das Einzige, das zählte. Ich durfte nicht zulassen, dass irgendjemand hinter mein wahres Ich kam. Die echte Caroline. Wenn sie herausfänden, woher ich kam, was ich getan hatte, nun... darüber konnte ich nicht einmal nachdenken.

Niemand durfte wissen, dass mein mildes, angenehmes Auftreten nur eine Fassade war. Eine Fassade, die ich so sorgfältig errichtet hatte, dass ich manchmal vergaß, dass ich nicht die unterwürfige, sanftmütige Heimatlose war, deren Anschein ich erweckte. Ich konnte nicht ändern, dass ich eine Heimatlose war. Klein und dünn wie ich war, könnte ich für einen Jungen gehalten werden, wenngleich mein Busen nicht verborgen werden konnte. Emily hatte stets angemerkt, wie *perfekt* ich immer aussah, meine Haare ordentlich frisiert, meine Kleider sauber und frisch. Sie ahnte ja nicht, dass es reine Gewohnheit war – eine Gewohnheit, die mich recht häufig vor Schlägen bewahrt hatte – dass ich so... perfekt blieb.

Die Kutsche fuhr in ein Schlagloch in dem angeblichen Weg und ich wurde zur Seite der Kutsche geschleudert, wodurch ich mit der Schulter gegen die Holzwand stieß. Bevor die Reise zu Ende war, würden mich Blutergüsse von oben bis unten bedecken. Ich schloss die Augen und atmete durch meine Nase, zählte bis zehn. Ich konnte das. Ich würde überleben. Ich würde zurechtkommen, ohne Eleanor oder Emily, mit einem Ehemann, der ein völlig Fremder war. In einem Land, das so anders war wie Minneapolis, dass es genauso gut Frankreich oder Timbuktu hätte sein können.

Die kurzen Blicke, die ich auf die Ehemänner der anderen Frauen erhascht hatte, als die Kutsche gestoppt hatte, stimmten mich hoffnungsfroh, dass meiner genauso attraktiv sein würde. Eleanors Ehemann war August Points Sheriff, hoch aufgeschossen und mit einer Haltung, die so dominant wie sein Beruf war. Emilys Mann war kräftig und kompakt, mit einem grüblerischen Auftreten, schien jedoch recht erfreut über ihren Anblick gewesen zu sein.

Horace Meecham. Mein Ehemann. Würde Horace genauso wie die anderen Männer, die Mrs. Bidwell ausgesucht hatte, jeden weiblichen Sinn ansprechen? Die Versandbraut-Madame, die die Ehen arrangiert und ermöglicht hatte, konnte eine Lebensretterin oder eine Gefängniswärterin sein, die mich zu einer lebenslangen Strafe verurteilte von... Ich würde nicht einmal darüber nachdenken.

Als ich aus der Fensteröffnung spähte, konnte ich lediglich weite grüne Prärie sehen. Das Gras wiegte sich in der Brise und sah so weich wie ein Teppich aus, vor allem da die warme Sonne auf es schien. Die Weite wirkte einladend auf meinen eingesperrten Geist. Ich sehnte mich danach, frei umherzustreifen, ohne dass mich etwas oder jemand seinem Willen unterwarf. Ich hatte alle meine neunzehn Lebensjahre unter der grausamen Fuchtel meines Vaters verbracht und hatte mich dann rasch in eine drei Wochen lange Reise mit zwei Begleiterinnen gestürzt. Bald wäre ich für den Rest meines Lebens an einen Mann gekettet. Würde es jemals eine Zeit geben, in der ich wahrhaftig frei war?

Ein lauter Knall riss mich aus meinen Gedanken und ich brauchte einen Moment, ehe ich realisierte, was dieses

Geräusch erzeugt hatte. Eine Pistole war abgeschossen worden! Die Kutsche schlingerte scharf nach links und ich schwankte an der Kante der Bank. War der Kutscher erschossen worden? Als die Kutsche langsamer wurde, ruckte ich nach vorne und fiel auf den Boden. Meine Knie brannten wegen des harten Aufpralls. Der Kutscher – Gott sei Dank war er nicht tot – brüllte die Pferde an, langsamer zu machen. Ich stemmte mich mit den Händen gegen die Sitzbank vor mir, vorsichtig darauf bedacht, mir nicht den Kopf anzustoßen, während die Kutsche schwankend und schaudernd zum Halten kam. Obgleich die Tiere zum Stehen gekommen waren, ihr Schnauben und schweres Atmen laut durch die Luft hallte, galoppierte mein Herz weiter. Fassungslos spähte ich aus dem Fenster, doch von meiner Position auf dem Boden konnte ich nur den blauen, wolkenlosen Himmel sehen.

„Wieso zur Hölle schießt du auf mich, Masters?", brüllte Mr. McCallister der Kutschfahrer, fürchterlich aufgebracht und wütend, wenngleich er sich die ganze Zeit so zu verhalten schien. Die Männer mussten Bekannte sein, wenn er seinen Namen kannte, was mich für einen kurzen Moment tröstete. Dann wurde mir bewusst, dass er nicht auf die Kutsche geschossen hätte, hätte er keinen triftigen Grund dafür gehabt. McCallister kannte einen Banditen beim Namen?

„Ich will, was in der Kutsche ist." Die Stimme des Mannes war tief, klar. Und ganz nah.

Ich war in der Kutsche. Rasch sank ich zu Boden, um dafür zu sorgen, dass sich mein gesamter Körper unterhalb der Fensterkante befand, denn meine hellen Haare wären im Sonnenlicht so verräterisch wie ein Leuchtfeuer. Ich ließ meinen Blick durch den kleinen Raum schweifen auf der Suche nach einem Versteck. Es war ein törichtes Unterfangen; der Raum war spartanisch eingerichtet und bot keinerlei Ausweg. Nur den nach draußen.

„Dort ist nichts von Wert. Keine Bankkassette. Nichts." Stille. Dann: „Warum in Dreiteufelsnamen fängst du jetzt an, Kutschen auszurauben? Hast du den Verstand verloren? Beschäftigt dich dein Land nicht genug? Wäre es nicht am besten, deine Identität geheim zu halten oder hast du vor, mich zu erschießen?"

Ich schluckte die Panik, die sich in meiner Kehle festgesetzt hatte. Würde er uns erschießen?

„McCallister, halt den Rand", erwiderte der Mann. „Die Frau. Ich will die Frau."

Meine Augen weiteten sich vor Überraschung. Oh Gott. Er wollte mich. Der Bandit wollte mich. Ich hatte Geschichten darüber gehört, dass Postkutschen häufig mit tödlichen Konsequenzen überfallen wurden. Doch das waren nur Geschichten gewesen. Das war das echte Leben.

„Sie ist auf dem Weg nach Apex und für Meecham bestimmt", entgegnete Mr. McCallister.

„Nicht mehr."

Der Mann sagte nichts mehr, als wäre damit das letzte Wort gesprochen worden.

Die Stimmen kamen von der Tür zu meiner Rechten, weshalb ich ganz langsam und vorsichtig die Tür zu meiner Linken öffnete in der Hoffnung, nach draußen schlüpfen zu können.

„Denkst du, du kannst dich auf freiem Feld verstecken? Hier gibt es nichts anderes als Prärie ringsum." Die tiefe Stimme sprach jetzt zu mir. Ohne, dass ich es gehört hatte, hatte der Mann die Tür geöffnet und meinen Fluchtversuch miterlebt. Hätte ich nur ein Mindestmaß an Aufmerksamkeit aufgebracht und wäre nicht so in Panik gewesen, hätte ich bemerkt, dass die Luft kühler, ja sogar frischer geworden war. Das dämmrige Kutscheninnere war heller aufgrund des Sonnenlichts, das um die Gestalt des Mannes durch die geöffnete Tür floss.

Ich schnappte nach Luft, schloss die Augen und begann, zu zählen, was mir immer dabei half, ruhig zu werden.

„Nun?", fragte der Bandit, womit er meine Bemühungen zu Nichte machte.

Mich zögerlich umdrehend, begegnete ich dem Blick des Mannes. Oder zumindest versuchte ich es, aber er war nur eine schwarze Silhouette vor der Helligkeit. So wie er dastand, zeigte ihn die Kutsche nur von der Hüfte aufwärts, einen Hut mit breiter Krempe auf dem Kopf. Ich konnte erkennen, dass er groß war, breitschultrig, massiv, aber das war auch schon alles.

„Warum..." Ich räusperte mich und kniff die Augen wegen des hellen Sonnenlichts hinter ihm zusammen. „Warum willst du mich?", fragte ich mit überraschend ruhiger Stimme in Anbetracht der Situation. „Ich bin nicht wichtig."

„Warum nicht?"

„Du kennst mich nicht." Ich schüttelte langsam den Kopf.

„Du kennst Horace Meecham auch nicht", erwiderte er. „Komm."

Er reichte mir seine Hand und wartete geduldig. Der Bandit war geduldig?

Ich starrte sie nur an, als wäre sie eine Schlange mit Giftzähnen.

Er seufzte. Laut. Bevor ich Gelegenheit hatte, mich zurückzuziehen, griff er in die Kutsche und packte mich um die Taille. Anschließend hob er mich vom Boden und hinaus ins helle Sonnenlicht, als würde ich weniger als ein Sack Federn wiegen.

„Oh", keuchte ich bei dieser überraschenden Aktion. Ein weiteres Mal die Augen zusammenkneifend, schützte ich sie mit meiner Hand vor der Sonne und versuchte, mich von ihm loszureißen. Seine Hände waren groß und umfassten mühelos meine Taille. Es stand außer Frage, dass er mich ohne Weiteres bändigen könnte, doch er ließ mich los. Die Wärme seiner Hände auf meiner Haut hatte selbst durch mein Kleid für Gänsehaut auf meinem Körper gesorgt.

Ich stürzte davon, in welche Richtung wusste ich nicht.

„Du kannst nirgendwo hingehen", rief er. „Du kannst dich nicht verstecken. Ich *werde* dich einfangen."

Seine Worte ließen mich abrupt innehalten. Er hatte recht. Er hatte ein Pferd, er war ein Mann und einen ganzen Kopf größer. Ich konnte ihm nicht davonlaufen. Wenn ich mich nicht gerade im Bau eines Präriehundes verstecken würde, würde ich meilenweit zu sehen sein.

Von der kurzen Anstrengung schwer atmend, stoppte ich und drehte mich um. Betrachtete den Mann zum ersten Mal.

Erneut stockte mir der Atem, dieses Mal jedoch aus ganz anderen Gründen. Dieser Mann... oh, dieser Mann war gut aussehend. Nicht auf die herkömmliche Weise, an die ich gewöhnt war, aalglatt und blass, mit gestärkten Kleidern und reserviertem Auftreten. Er hatte rote Haare. Nein, das war nicht das richtige Wort. Rostbraun, sogar kastanienbraun. Ich konnte sehen, wie die Sonne von den Haaren unter seinem Hut reflektierte, was bedeutete, dass es eher länger war. Seine Augen waren auffallend grün, seine Nase lang, seine Lippen voll. Sein kräftiges Kiefer, das mit roten Bartstoppeln bestäubt war, war der erste Hinweis auf seine Stärke. Dann war da noch die Art und Weise, wie sich sein blaues Hemd an seinen kräftigen Körper schmiegte. Wie es straff über seine Schultern gespannt war, seine schmale

Taille umriss, weil es in seine Denimhose gesteckt war. Er war wie Herkules, der griechische Gott, von dem ich in Büchern gelesen hatte. Michelangelos David, perfekt proportioniert und ein echter Augenschmaus.

„Gefällt dir, was du siehst?", erkundigte er sich, wobei ein teuflisches Grinsen seine Mundwinkel nach oben bog.

Mein Mund klappte bei seiner Selbstgefälligkeit auf. Hitze rötete meine Haut und das nicht von der Sonne. Meine Brustwarzen zogen sich in der Enge meines Korsetts zusammen. Mein Körper reagierte wie von selbst und völlig im Widerspruch zu dem, was mein Kopf wollte. Der Mann war *böse* und ich verspürte jedes weibliche Anzeichen für Anziehung. Meine Hände ballten sich zu Fäusten, da ich nicht nur auf diesen Mann wütend war, sondern auch auf die verräterische Reaktion meines Körpers.

„Fahr weiter McCallister."

„Masters, ich kann das nicht tun."

Der Bandit, Mr. Masters, hob die Pistole, die er in der Hand hielt, und richtete sie auf den Fahrer.

Seine Hände hochhebend, kapitulierte er. „In Ordnung. In Ordnung." Der Mann nahm die Zügel auf und ließ sie schnalzen, während er den Tieren zubrüllte, sie sollten ein weiteres Mal ihre Reise antreten.

„Warten Sie!", schrie ich, hob meinen Arm und rief Mr. McCallister zu, er solle anhalten. „Warten Sie!"

Natürlich tat er das nicht. Nachdem sich der Staub gelegt hatte und die Geräusche der Kutsche mit jeder Sekunde leiser wurden, überdachte ich mein Schicksal. Ich saß draußen in der offenen Prärie allein mit einem Mann fest. Einem Banditen mit einer Pistole. Einem gut aussehenden Mann, der zum ersten Mal in meinem Leben Sehnsucht in mir weckte. Würden sich diese roten Bartstoppeln seidig anfühlen oder über meine zarte Haut kratzen?

Würden diese vollen Lippen weich sein oder fordernd, wenn sie mich küssten?

Warte. Das war nichts, über das ich jetzt nachdenken sollte. „Du hast mich entführt!", kreischte ich und blieb bei der Sache.

Er schaute bei meinen Worten kein bisschen verlegen drein. „Das war gar nicht so schwer."

Ich wölbte eine Braue. „Hast du das schon so oft getan, dass du Vergleichsmöglichkeiten hast?"

Ein Lächeln breitete sich auf seinem Gesicht aus. Gerade weiße Zähne blitzten im Sonnenlicht auf und er sah, wenn das überhaupt möglich war, noch besser aus. Ich steckte hier in Schwierigkeiten, auf mehr als eine Weise. „Das ist meine erste Entführung. Wir müssen los. Komm."

Er lief zu seinem Pferd und nahm die Zügel in die Hand, die zum Boden baumelten. Das Pferd hatte unterdessen zufrieden an dem hohen Gras geknabbert.

„Ich werde nirgendwo mit dir hingehen!" Mrs. Bidwell hatte mich Horace Meecham zugeteilt!

„Hier kannst du nicht bleiben. Du hast kein Essen, kein Wasser, keine Haube, um deine helle Haut vor der Sonne zu schützen." Sein Blick glitt über mein Gesicht. „Es gibt hier keinen Unterschlupf für die Dunkelheit. Es wird kalt werden. Dann sind da noch die Tiere."

Ich war nicht gerade erpicht darauf, auch nur eines seiner stichhaltigen Argumente zu erleben.

Ich stemmte die Hände in die Hüften. „Ich werde auf die nächste Kutsche warten."

„Dann wirst du lange Zeit warten." Er schaute nach links, dann nach rechts den Weg hinab, den die Kutsche durch die Prärie genommen hatte, während er zu mir herüberkam und sich vor mir aufbaute. „Ich würde sagen zwei, vielleicht drei Tage."

„Horace Meecham ist mein Ehemann. Das wurde alles schon arrangiert! Jetzt soll ich einfach mit dir davonreiten? Das ist ja eine schöne Entführung."

Ich hatte ihn beleidigt. Ich realisierte meinen Fehler, sowie ich die Worte aussprach. Meine Augen weiteten sich vor Überraschung. Vor Angst. Ich wusste, dass man einen Mann niemals erzürnen oder ihm das Gefühl gegeben sollte, von einer Frau abgewertet oder besiegt zu werden.

Er trat noch näher und ich zuckte zusammen, weil ich mit dem Schlimmsten rechnete. Ein bitterer Geschmack füllte meinen Mund, ich hielt die Luft an und wartete auf den ersten körperlichen Schlag, den ersten Schwall harscher Worte. Ich duckte mich nicht, da mein Vater das stets als Zeichen, noch fester zuzuschlagen, interpretiert hatte.

Ich beobachtete ihn genau. Er wiederum beobachtete mich. Seine Augen wanderten über mein Gesicht, meinen Körper hinab und wieder hinauf. Sein kräftiger Kiefer mahlte, seine Augen verengten sich, aber er hob keine Hand.

„Eine Entführung ist nicht mit Prügeln gleichzusetzen." Seine Stimme hatte einen düsteren, bedrohlichen Unterton, der mich selbst im strahlenden Sonnenschein erschaudern ließ. „Ich werde dich niemals schlagen. Jemals. Was Meecham angeht, er hätte es getan."

Es spielte keine Rolle, dass er die Worte aussprach, von denen ich gehofft hatte, dass er sie sagen würde. Er hatte mich entführt und ich musste fliehen. Selbst wenn es, wie er behauptete, keine Fluchtmöglichkeit gab, musste ich es versuchen. Also holte ich langsam tief Luft... und stürzte dann wieder davon wie ein Pferd, dem man die Sporen gegeben hatte. Mit einer Hand hielt ich mein Kleid hoch und sprintete, wobei sich meine kurzen Beine so schnell bewegten, wie sie konnten, und mein freier Arm so heftig hin und her ruderte, als würde mein Leben davon abhängen.

Das tat es auch.

Er war wütend, der harte Ausdruck auf seinem Gesicht war mir bekannt. Er war böse genug, mich zu entführen, ich konnte mir nur ausmalen, was er sonst noch tun könnte. Es stand außer Frage, dass er gelogen hatte, als er behauptete, er würde mich nie schlagen. Seine Worte waren falsch. Welcher Mann erzählte schon die Wahrheit? Welcher Mann schlug die Frauen in seiner Familie nicht?

Doch es war alles vergebens. Meine kurzen Beine stellten für seine langen keine Herausforderung dar und mein Körper war nicht kräftig genug für das Durchhaltevermögen, das vonnöten war, um ihm zu entfliehen. Er holte mich spielendleicht ein und packte mich um die Taille. Daraufhin wirbelte er mich herum und warf mich über seine Schulter, als wäre ich ein Sack Getreide.

„Lass mich runter!", brüllte ich schwer atmend. „Wohin bringst du mich? Tu mir nicht weh!" Meine Muskeln brannten von der Anstrengung, lange Strähnen meiner Haare waren den Nadeln entfleucht und hingen jetzt lang in mein Gesicht.

Als er zu seinem Pferd zurücklief, trat ich mit den Beinen aus, was er schnell unterband, indem er einen Arm fest um meine Schenkel legte. Ich änderte meine Taktik und hämmerte auf seinen Rücken ein, aber falls ihn das störte, so ließ er sich das nicht anmerken. Ich konnte nicht einfach zulassen, dass er mich wegbrachte. Niemand würde mich jemals wieder finden. Wenn Mr. McCallister meine einzige Hoffnung war, dann war ich mit Sicherheit verloren.

„Wirst du aufrecht sitzen bleiben oder wünschst du, über meinem Schoß zu liegen?"

„Lass mich runter!", wiederholte ich.

Er hob einen Fuß in den Steigbügel und bestieg sein Pferd, indem er sein anderes Bein über dessen Rücken schwang und sich in seinen Sattel setzte, wobei er mich ohne die geringste Mühe an Ort und Stelle hielt. Er bewegte mich, als wäre ich ein Kind, und senkte mich über seinen Schoß, sodass meine Füße auf einer Seite vom Pferd baumelten, meine Arme und Kopf von der anderen. Als das Pferd wieder in einen langsamen Trab verfiel, spürte ich, wie sich seine festen Oberschenkelmuskeln unter meinem Bauch anspannten und entspannten. Es war schwer, so zu Atem zu kommen.

„Du kannst mich nicht einfach so hängen lassen!" Ich klang wie ein wahrhaftig zänkisches Weib, aber ehrlich, das war inakzeptabel.

Ein schneller, kräftiger Klaps auf meinen Po führte dazu, dass ich mich versteifte. „Hör zu reden auf", befahl er mit strenger Stimme.

„Du hast mich geschlagen!" Ich versteifte mich, dann sackte ich in mich zusammen, denn ich wusste, dass er alle Macht hatte. „Du hast gesagt, du würdest mich nicht schlagen." Die Hitze, die Wut fehlten jetzt meinen Worten. Es brachte nichts, einen Banditen aufzuregen, und das hatte ich mit Sicherheit getan. Meine Fluchttaktik war falsch gewesen. Ich hatte überstürzt gehandelt.

„Das hier", seine Handfläche stellte kräftigen Kontakt mit meinem verhüllten Hintern her, „das hier ist ein Hieb auf den Po. Du verhältst dich irrational und ich musste deine Aufmerksamkeit erlangen, dich für dein lächerliches Verhalten disziplinieren."

Die braune Flanke des Pferdes bebte, der Tiergeruch war durchdringend. Ich packte die Wade des Mannes, um mich zu stabilisieren, obwohl ich wusste, dass mich der

Mann nicht fallen lassen würde. Blut staute sich in meinem Kopf.

„Möchtest du so reiten oder lieber auf meinem Schoß sitzen? Das sind deine Alternativen. Deine *einzigen* Alternativen."

2

INN

HORACE MEECHAM war ein glücklicher Mann. Seine Braut war alles, was sich ein Mann wünschen könnte. Alles, das *ich* mir wünschte. Sie war ein winziges Ding und reichte kaum bis zu meiner Schulter. Ich hatte Getreidesäcke geschleppt, die schwerer waren als sie. Als ich sie aus der Kutsche gezogen und auf den Boden gestellt hatte und den ersten richtigen Blick auf sie hatte werfen können, hatte ich mich bemüht, meine Bewunderung zu verbergen. Im hellen Sonnenlicht hatten ihre Haare die Farbe von Winterweizen. Ihre Haut war ähnlich blass, als wäre sie nie draußen in der Sonne gewesen. Porzellan. Weiß wie Sahne. Ich erinnerte mich an das Gefühl ihres Körpers an meinen Fingern, weich an all den richtigen Stellen. Meine Hände waren so groß, dass sie ihre Taille mühelos umschlossen und meine Daumen über die Unterseite ihrer äußerst wohlgerundeten Brüste gestrichen hatten.

Doch es waren ihre Augen, die misstrauischen, feurigen Blicke, die sie auf mich abfeuerte, die mich vollkommen begeisterten. Die Kombination war... erregend. Berauschend.

Horace Meecham war in der Tat ein glücklicher Mann. Zu blöd für ihn, dass er tot war. Hätte sein Herz seinem Leben kein Ende bereitet, so hätte die halbe Bevölkerung von Apex, die ihm seit Jahren den Tod an den Hals wünschte, sich garantiert freiwillig für die Aufgabe gemeldet. Er war ein Arsch, ein grausamer Mann. Seine Frau hatte seine Misshandlungen zwanzig Jahre lang ertragen, weil sie nicht hatte gehen können. Wieder und wieder hatte der Sheriff – Paul Stevens – sie gebeten, ihren Ehemann zu verlassen, doch Meecham hatte seine Rechte. Eheliche Verbindungen und Rechtsansprüche, die ein Mann über seine Frau hatte, hatten Stevens' die Hände gebunden. Eine Nacht oder zwei im Gefängnis konnten Mrs. Meecham nicht schützen und stifteten ihren erzürnten Ehegatten nur zu weiteren Grausamkeiten an. Die arme Frau war irgendwann gestorben, zu schwach und zerbrechlich, um eine kleine Krankheit abzuwehren. Eine kräftigere Frau hätte die Krankheit bezwungen, sie jedoch nicht.

Wäre nicht sein Sohn, Horace Meecham Jr., und seine lockere Zunge, wenn er zu viel Whisky intus hatte, gewesen, hätte ich nie von Caroline Turner erfahren, dem Plan des älteren Meechams, eine neue, jüngere Frau zu erwerben, oder ihrer bevorstehenden Ankunft. Junior war so niederträchtig wie sein Vater und in der abscheulichen Weise, eine Frau zu behandeln, äußerst versiert. Die Huren, die oben im Saloon arbeiteten, konnten das bezeugen. Der Mistkerl war bereit, bei ihrer Ankunft in die Fußstapfen seines toten Vaters zu treten. Er beabsichtigte, ihr nicht zu verraten, dass ihr Auserkorener in Wahrheit sein Vater gewesen war.

Durch den Tod des älteren Mannes war sie Witwe und auf jeden Fall heiratsfähig.

Juniors erster Halt wäre die Kirche gewesen, um sie durch einen Gottesdienst aneinander zu binden. Da die Männer den gleichen Nachnamen hatten, hätte Pfarrer Thomas die hinterlistigen Absichten des Mannes nicht infrage gestellt. Genauso wenig wie Caroline. Sie wäre sich der Täuschung nicht bewusst gewesen, bis es zu spät gewesen wäre. Er hätte ihr die Wahrheit erzählt. Irgendwann. Doch dann wäre sie bereits für den Rest ihres Lebens rechtlich mit dem Drecksack verheiratet gewesen.

Stevens könnte wegen der Täuschung nichts unternehmen, denn Juniors Plan war nicht illegal. Unmoralisch, gewiss, aber nicht illegal. Das bedeutete, dass Caroline, sowie sie die Sicherheit von McCallisters Kutsche verlassen hätte, Juniors gewesen wäre. Deswegen hatte ich sie einige Meilen vor Apex aus der Kutsche entführt.

Sie würde mein sein. Nicht Juniors. Nicht die eines anderen Mannes. Als meine Frau wäre sie vor Junior sicher.

Es bestand kein Zweifel, überhaupt keiner, dass Caroline meine Frau werden würde. Mein Plan war eigentlich nur gewesen, sie vor Junior zu retten, aber nachdem ich einen Blick auf sie erhascht hatte, hatten sich meine Pläne – mein Leben – unwiderruflich verändert. Mein Körper reagierte instinktiv auf ihren Anblick. Mein Schwanz erwachte zum Leben, meine Beschützerinstinkte regten sich. Als sie vor Angst zusammengezuckt war, hatte sich meine Besitzgier heftig zu Wort gemeldet. Überwältigend. Niemand außer mir würde sie berühren und dann nur, um ihr Vergnügen zu bereiten.

Sogar jetzt noch, da ich sie ohne viel Federlesen über meine Taille geworfen hatte und ihr weicher Körper – Bauch und Brüste – auf meine Schenkel gepresst wurden.

Bald würde sie zweifelsohne auch die harte Länge meines Schwanzes spüren. Das war nichts, das ich kontrollieren konnte. Beim ersten Blick auf sie hatte mein Schwanz bereits aufgemerkt, als wollte er mir mitteilen, dass das die Frau für mich war. Das war der Körper, den mein Schwanz erobern würde.

Jemand hatte ihr wehgetan, die Anzeichen waren offensichtlich. Sie fürchtete bei mir um ihre Sicherheit und sorgte sich, dass mein Zorn mich dazu bringen würde, mit meinen Fäusten auf sie loszugehen. Es könnte daran liegen, dass ich sie aus der Kutsche entführt hatte, aber es steckte noch mehr dahinter. Diese Angst reichte tief, bis ins Knochenmark. Ich hatte sie packen und auf meinen Schoß wuchten müssen, ja ich hatte ihr sogar den Hintern versohlen müssen, damit sie ruhig wurde. Ihre Handlungen waren verzweifelt, geradezu irrational.

Ich musste vorsichtig vorgehen, als würde ich mich einer scheuen Stute nähern. Eine falsche Reaktion könnte dazu führen, dass sie ein weiteres Mal davonrannte und sich in Gefahr brachte. Wusste sie von den Nagerlöchern, die den Boden übersäten? Wusste sie von den Klapperschlangen? Höchst unwahrscheinlich. Falls ihr etwas zustieß, weil sie sich vor mir fürchtete, dann wäre ich der Schuldige. Ich legte meine freie Hand auf die untere Kurve ihres Rückens. Sie zuckte zusammen aus Angst, ich würde sie noch mal schlagen. Oder Schlimmeres tun.

„Wie lautet deine Entscheidung, Caroline?"

„Ich... ich würde es vorziehen, auf deinem Schoß zu sitzen." Ihre Stimme war leise, ihr Körper entspannt. Es war beinahe so, als würde sie sich mir unterwerfen. Ich stellte diese plötzliche Verhaltenswende infrage, aber machte keine Bemerkung dazu.

Als sie sich wieder in der Senkrechten befand, positionierte ich sie so auf meinen Schenkeln, dass sie seitlich saß. Ihr Kopf ruhte unter meinem Kinn und meine Arme lagen um ihren kleinen Körper, während ich die Zügel festhielt. Der Geruch von Blumen stieg von ihren Haaren auf, ihr Körper presste sich warm an mich. Ihr Atem kam als leises Keuchen heraus, während sie mit der geraden Haltung einer wohlerzogenen Dame vor mir saß.

McCallister würde, wenn er Apex erreichte, höchstwahrscheinlich auf Junior treffen. Es bestand keinerlei Zweifel, dass die Männer mit der Entführungsgeschichte schnurstracks zum Sheriff gehen würden und Stevens mich bis morgen aufsuchen würde. Das gab mir einen Tag mit Caroline. Ihr Interesse an mir als Mann war offenkundig gewesen, so wie ihr Blick über jeden Zentimeter von mir geglitten war. Ihre Pupillen hatten sich geweitet und ihre Wangen gerötet und das nicht wegen der Sonne. Ihre Atmung hatte sich verändert und ich würde mein Pferd darauf verwetten, dass nicht nur ihre Nippel unter den vielen einschränkenden Schichten ihrer Kleidung hart waren, sondern auch ihre Pussy feucht.

Bis zum Ende des Tages würde ich meine Bestätigung erhalten. Ich würde ihr Jungfernhäutchen nicht durchbrechen, da sie noch nicht meine Frau war, aber es gab viele andere Methoden, um ihr Wonne zu bereiten. Um ihr zu zeigen, dass ich der richtige Mann für sie war. Es würde nicht leicht werden, sie würde bestimmt gegen mich ankämpfen, aber mit der Zeit, letzten Endes, würde sie es wissen.

Mit diesem Ansporn stieß ich meine Fersen in die Flanken meines Pferdes, damit es in eine schnellere Gangart wechselte. Das Ranchhaus wäre der erste Ort, an dem Stevens nachschauen würde. Da wir von Kindesbeinen an Freunde waren, musste er wissen, dass es einen Grund für mein ungewöhnliches Verhalten gab; ich neigte nicht gerade zu Entführungen.

Aber wir ritten nicht zum Ranchhaus. Eine Hütte an der östlichen Grenze meines Grundstückes war unser Stopp für die Nacht. Ich wollte sie allein. Meecham, Stevens, die Ranch, zum Teufel, sogar die Bürger von Apex konnten warten. Ihr Vertrauen wäre nicht so leicht zu gewinnen. Es würde einige Zeit dauern, die Auswirkungen der Misshandlungen, welchen auch immer sie ausgesetzt gewesen war, mit sanften Berührungen sowie umfassenden und zahlreichen Orgasmen auszulöschen. Ich würde ihrem Gehirn die Missetaten anderer mit Hilfe von Lust austreiben. Es wäre keine große Qual für mich, das zu tun.

DIE HÜTTE WAR NICHT SCHICK und allein als Unterschlupf gedacht für den Fall, dass ich oder die Rancharbeiter so weit weg vom Haus oder der Schlafbaracke festsaßen, aber sie war stabil. Das Wetter war hier oft launisch. In der einen Minute war es angenehm, in der nächsten zog ein heftiges Gewitter über das Land und es gab eine Sturzflut. Im Winter waren Blizzards, die mehrere Tage andauerten, nicht unüblich. Als ich die Tür öffnete, wenn auch mit quietschenden Scharnieren, war der Raum sauber. Holz war auf einem ordentlichen Haufen neben dem Herd gestapelt, das Bett frisch gemacht und Konservendosen in Hülle und Fülle vorhanden. Ein Mann konnte hier allein aufgrund dieser Vorräte eine Woche durchhalten.

Nachdem ich das Feuer im Herd in Gang gebracht hatte, wischte ich mir die Hände an meiner Hose ab und erhob mich. „Ich muss das Pferd absatteln." Als sie ihre Betrachtung des Raumes unterbrach, fragte ich: „Kannst du kochen?"

Sie sah zu mir und nickte.

Ich neigte den Kopf in Richtung des Regals, das mit Konservendosen überladen war. „Falls es nicht zu viel Mühe macht, sei doch so lieb und wärme uns etwas zum Essen auf. Wegen des Feuers wird es hier drinnen heiß werden, also lass die Tür auf, damit etwas kühlere Luft reinkommt."

Ich wartete nicht darauf, dass sie mir zustimmte oder protestierte. Es war Zeit, dass sie zur Ruhe kam und sich einen Moment für sich gönnte, um nachzudenken und zu atmen. Deswegen trödelte ich bei meiner Aufgabe, das Pferd in den kleinen Pferch zu bringen. Ich zog ein Glas Gleitmittel von zu Hause aus der Satteltasche in der Hoffnung, ich würde die Frau für mich beanspruchen können. Vielleicht würde ich damit anfangen können, ihren Hintern darauf vorzubereiten, meinen Schwanz aufzunehmen. Jetzt, da ich mir sicher war, dass Caroline meine Frau werden würde und nicht nur eine Frau war, die ich vor Meechams Krallen bewahrt hatte, war ich froh darum. Ich nahm das Glas mit nach drinnen und stellte es auf ein Regal neben ein Seifenstück und einen Rasierer. Caroline stand am Herd und rührte etwas um, das nach Bohnen roch.

Mir einen Eimer schnappend, der an einem Nagel an der Seite der Hütte hing, lief ich zu dem nahegelegenen Bach, um Wasser zu holen. Die erste Ladung war für das Pferd und ich füllte den kleinen Trog damit. Nachdem das Tier versorgt war, kehrte ich zum Bachufer zurück in der Nähe einer Stelle, wo das Wasser in einer tiefen Gumpe wirbelte. Ich zog mich aus und warf meine Kleider auf einen Haufen. Das Wasser war sehr kühl, da die Schneeschmelze für einen steten Wasserfluss und eine frische Temperatur sorgte. Frisch war genau das, was ich brauchte, allerdings um meine Leidenschaft abzukühlen. Doch als ich mich auf das sandige Bachbett setzte und mich wusch – indem ich mich zurücklehnte, meinen Kopf unter Wasser tauchte und mich anschließend sauberschrubbte – klappte das nicht.

Als Caroline aus der Hütte kam, die kleine Anhöhe hinablief und mich erblickte, stoppte sie. Der Ausdruck auf ihrem Gesicht – eine Mischung aus Überraschung und weiblicher Bewunderung – führte dazu, dass sich mein Schwanz mit dem Blut füllte, das eigentlich für meinen Kopf bestimmt war. Sie hatte ihre Frisur in Ordnung gebracht, sodass sie wieder so glatt und perfekt war, wie als sie die Kutsche bestiegen hatte. Ihr Kleid wies keine einzige Falte auf, als hätte sie es gerade erst angezogen und wäre nicht über die Seite eines Pferdes geworfen worden.

Vielleicht war das der Grund dafür, dass ich aufstand, das Wasser von mir strömen ließ und ihr einen Blick auf meinen kompletten Körper gewährte. Ich war schamlos, aber definitiv vollkommen verzaubert von ihr. Sie war so schön, dass es beinahe schmerzte, sie anzuschauen. Mein Schwanz schmerzte auf jeden Fall. In diesem Moment war ich kein Gentleman. Ich wollte, dass sie mich nackt sah. Ich wollte, dass sie meinen harten Schwanz sah. Ich wollte, dass sie sah, welche Wirkung sie auf mich hatte. Ich wollte, dass sie wusste, dass ich höchstwahrscheinlich auf die gleiche Weise auf sie reagierte, wie ihr Körper auf meinen reagierte. Die Luft zwischen uns war aufgeladen wie kurz vor einem Gewitter. Mächtig und gefährlich.

Ihre Augen weiteten sich beim Anblick meines steifen Schwanzes und ihr Mund klappte auf. Ausnahmsweise war sie einmal zur Salzsäule erstarrt. Ich nahm an, dass sie wieder davonrennen würde, doch sie war zu abgelenkt von meiner Person. Das brachte mich dazu, verrucht zu grinsen. „Jemals zuvor einen nackten Mann gesehen?"

Ich lief aus dem Wasser und stoppte neben meinem Kleiderhaufen.

Meine Stimme riss sie aus ihrer Starre. „Oh!", keuchte sie, während ihre Augen nach wie vor auf meine Männlichkeit geheftet waren. Ihre Wangen färbten sich rosa und ihre Augenlider senkten sich, ihr gesamter Körper nahm die Haltung einer erregten Frau an. „Ich wollte nur sagen, dass ich ein paar Bohnen... ähm, angerichtet habe. Ich... ich bitte um Verzeihung." Sie wirbelte herum und kehrte mir ihren Rücken zu.

„Dazu besteht kein Grund. Bitte, schau dich an mir satt. Hast du meinen Schwanz gesehen, Caro? Er ist hart für dich."

„Für mich? Warum... warum tust du das? Du treibst mich dazu, zu fliehen, aber ich kann nicht."

„Du könntest es jetzt versuchen, da ich nackt bin, aber ich bin nicht prüde. Glaub mir, meinem Schwanz würde die Jagd ganz gewiss gefallen."

Anstatt mich anzuziehen, hob ich meine Kleider auf und lief zu ihr. „Du bist dran."

Bei meinen Worten machte sie einen Satz und drehte ihren Kopf zur Seite, als ich mich vor sie stellte. „So etwas kann ich nicht tun."

„Du bist von der Reise müde und es wird dir guttun."

„Du bist ein Bandit. Woher soll ich wissen, dass du nicht... nicht über mich herfallen wirst?"

Ihr Kinn mit meinen Fingern ergreifend, drehte ich ihr Gesicht und neigte es nach oben, sodass sie mich ansah. Ich wollte, dass sie weiter nach unten schaute, und sie vielleicht sogar auf ihre Knie drücken, damit sie meinen Schwanz in ihren Mund nahm, aber nicht jetzt. Später. Definitiv später.

„Das weißt du nicht", erwiderte ich. Als ihre Augen schmal wurden, fügte ich hinzu: „Du lässt es so klingen, als wäre es etwas Schlechtes, wenn jemand über dich herfällt."

„Du bist nicht mein Ehemann. Ich hebe mich für meinen Ehemann auf", sagte sie resolut.

Ich nickte, erfreut von dem Wissen, dass sie exklusiv mein sein würde. „Gut. Ich bin absolut begeistert, das zu hören." Mein Schwanz federte bei der Vorstellung in ihre Richtung. „Keine Sorge. Dein Jungfernhäutchen ist in Sicherheit, bis du verheiratet bist."

Ich sah, dass sich ihre Schultern daraufhin leicht senkten, obgleich sie nach wie vor besorgt wirkte. Jede wohlerzogene Frau, vor der ein nackter Mann stand, musste allermindestens wachsam sein. Insbesondere bei einem Banditen. So hatte sie mich genannt. Die Vorstellung war lächerlich, allerdings hatte ich ihr auch keine Alternative geboten. Es bestand keinerlei Zweifel daran, dass ihre Mutter sie nie vor einer Situation wie dieser gewarnt hatte.

3

Ich war schockiert. Verblüfft. Erregt. Irgendetwas stimmte nicht mit mir, als ich beobachtete, wie seine Gestalt – seine nackte Gestalt – zur Hütte lief und darin verschwand. Bestimmt hatte ich eine Art Defekt, der mich dazu brachte, sinnliche Gedanken über einen Mann zu hegen, von dem ich rein gar nichts wusste, der mich aus einer Kutsche entführt und dem Mann gestohlen hatte, den ich eigentlich heiraten sollte.

So sah ein Mann aus? Muskulös und kräftig und so männlich? Sein Körper war mit feinen roten Haaren gesprenkelt. Auf seiner breiten Brust wuchsen die Haare dichter und verjüngten sich dann zu einer schmalen Linie, die von seinem Bauchnabel bis nach unten gereicht hatte zu dem Lockennest, dass seinen... oh Gott! Und sein... sein wie hatte er es genannt? Sein Schwanz. *Das* sollte in eine Frau passen? Die vulgären Geschichten, die ich gehört hatte, waren sicherlich falsch gewesen. Der Schwanz des Mannes war lang gewesen und dick, hatte fast bis zu seinem Bauchnabel gereicht. Meine kleinen Hände könnten ihn bestimmt nicht so umfassen, dass sich meine Finger berührten. Und die Spitze! Sie war groß und stumpf gewesen und irgendeine klare Flüssigkeit war daraus hervorgequollen. Als ich ihn angestarrt hatte, hätte ich schwören können, dass er noch größer geworden war und sich die Farbe von einem Malveton zu einem dunklen, intensiven Rot verdunkelt hatte.

Anstatt mich anzuekeln, hatte mir sein Schwanz das Wasser im Mund zusammenlaufen lassen. Ja, ich hatte bei seinem Anblick tatsächlich gesabbert. Warum? Warum reagierte mein Körper so? Warum wurde meine Haut nicht nur vor Scham rot, wenn ich seinen breiten Rücken anstarrte? Warum zogen sich meine Brustwarzen ein weiteres Mal zusammen und pressten sich schmerzhaft gegen mein Korsett, während ich beobachtete, wie seine Pomuskeln bei jedem Schritt spielten? Und weiter unten, zwischen meinen Schenkeln, warum schmerzte ich dort und warum schrie mein Körper nach ihm, als würde er sich nach ihm verzehren? Nach seinem Schwanz.

Ja, irgendetwas stimmte nicht mit mir.

Die Vorstellung, den Reisestaub von meinem Körper zu waschen, war sehr reizvoll, aber ich wollte meine Kleider nicht ablegen, während er in der Nähe war. Er würde mich so nackt wie am Tage meiner Geburt sehen.

„Zieh deine Kleider aus, Caroline, oder ich werde dich selbst entkleiden." Seine Stimme schwebte von der Hütte und den Abhang hinab zu mir.

Mich umdrehend, lief ich zum Ufer hinab und begann, die kleinen Knöpfe an der Vorderseite meines hellblauen Kleides zu öffnen. Dabei blickte ich alle paar Sekunden über meine Schulter in der Erwartung, den Mann dabei zu erwischen, wie er mich beobachtete. Er war weit und breit nicht zu sehen, aber das bedeutete nicht, dass er mich nicht sehen konnte. Hatte ich das Gefühl, er würde mir ein Leid zufügen? Mich vielleicht überwältigen? Dazu hatte er jede Gelegenheit gehabt, als er nackt vor mir gestanden hatte. Es bestand keine Möglichkeit, dass ich mich ihm erwehren könnte, würde er seinen körperlichen Vorteil ausnützen. Er hatte sogar gesagt, mein Jungfernhäutchen wäre bis zu meiner Ehe sicher, was bedeutete, seine Absichten waren wohlwollend. Doch er war ganz gewiss kein Gentleman!

Ein Mann stolzierte nicht einfach nackt umher und definitiv nicht, wenn sein Schwanz erregt war. Oder war er immer in diesem Zustand? Waren alle Männer so? Ich war so verwirrt! Ich senkte mein Kleid, sodass es sich um meine Knöchel legte, und öffnete mein Korsett. Mein Unterkleid oder Schlüpfer würde ich jedoch nicht ablegen. Indem ich diese dünne Unterwäsche trug, würde ich meine Sittlichkeit aufrechterhalten können, wenn auch nur namentlich. Wenn er darin Grund zur Beschwerde sah, dann war das seine Sorge, nicht meine. Ich watete langsam ins Wasser und atmete zischend aus, weil es so kühl war. Aber es fühlte sich gut an. Sogar wundervoll. Nach drei Wochen in Kutschen und Zügen und den einfachsten Hotels, war ein Bad ein Luxus, den wir Frauen nicht gehabt hatten. Das Gefühl des Wassers, wie es sich bachabwärts schlängelte und dabei meine Beine umfloss, war herrlich. Genauso wie es der Mann getan hatte, senkte ich mich in das tiefe Becken, auch wenn mich das Wasser bis zu den Schultern bedeckte und nicht nur bis zur Taille, wie es bei ihm der Fall gewesen war.

Den Kopf nach hinten geneigt und die Augen geschlossen, ließ ich das Wasser um mich herumschwappen, legte mich zurück und trieb praktisch auf der Oberfläche. Die

Sonne schien warm in mein Gesicht, der Geruch feuchter Erde drang in meine Nase. Das Wasser, das über die Felsen gluckerte, der Wind, der durch die Gräser strich, waren die einzigen Geräusche. Es war so ruhig im Vergleich zu der Hektik Minneapolis'. Es war... friedvoll.

„Du siehst wie Ophelia in Hamlet aus", sagte er, womit er mich erschreckte.

Ich duckte mich unter die Wasseroberfläche und beäugte den Mann am Ufer. Ich kannte seinen Namen noch immer nicht. „Ich beabsichtige nicht, wie sie zu ertrinken."

„Das will ich doch hoffen. Ich würde dich retten, bevor dir irgendein Leid geschieht."

Selbst in dem kühlen Wasser wärmten mich seine Worte. Warum wusste ich nicht so genau. Vielleicht waren es nicht die Worte, sondern die Tatsache, dass er nur in seinen Denimhosen umherlief. Kein Hemd, keine Schuhe. Seine Haare waren dunkler, nass und fielen ihm lässig in die Stirn.

„Deine Lippen werden blau." Er streckte mir etwas entgegen, das ein Geschirrtuch zu sein schien. „Das ist das Einzige, das ich habe, aber vielleicht kriegst du damit die gröbste Feuchtigkeit aus deinen Haaren."

„Ich kann nicht rauskommen, während du dort stehst", schimpfte ich.

Er zuckte mit den Achseln, ließ das Tuch auf einen Fleck hohes Gras fallen, hob mein Kleid und Korsett auf und lief davon.

„Warte!" Ich stand abrupt auf. „Ich brauche mein Kleid."

Er drehte sich um und seine Augen blickten nicht in meine. Stattdessen wanderten sie über mich, wie das ein Mann bei einer Frau tat. Zu meinen Brüsten, zum Verbindungspunkt meiner Schenkel, zu meinen Beinen. Über jeden Zentimeter meines Körpers. Ich blickte nach unten und sah, warum er so verzückt war. Anstatt meine Figur zu verbergen, waren das Unterkleid und der Schlüpfer durchsichtig geworden und klebten an meiner Haut. Die Form meiner Brüste war offensichtlich, sogar die hellrosa Farbe meiner steifen Brustwarzen. Als ich noch tiefer schaute, konnte ich meine blonden Locken sehen und sogar ein Stückchen meines Schoßes, das normalerweise verborgen war.

„Es ist viel zu heiß für dein Kleid. So viel Stoff wird nur dafür sorgen, dass du überhitzt." Seine Stimme hatte jetzt einen tiefen Bariton angenommen und war so rau wie die Steine unter meinen Füßen. „Ich habe Hunger und ich kann nicht essen, bis du dich mir anschließt."

Er machte kehrt und lief zurück zur Hütte, mein helles Kleid und Korsett wirkten zierlich und frivol unter seinem Arm.

4

INN

Die Frau würde mich umbringen. Es war mehr als ersichtlich gewesen, dass sie kein Messer oder eine Pistole bei sich trug, denn ihr Unterkleid und Höschen hatten im nassen Zustand nichts von ihrem Körper verborgen. Sie würde mir trotzdem den Garaus machen. Mein Schwanz pochte und pulsierte schmerzhaft an der Vorderseite meiner Hose. Ich wollte sie mit einem solch starken Verlangen, wie ich es noch nie zuvor verspürt hatte. Ich wollte in das Wasser laufen, sie über meine Schulter werfen und zu dem weichen Gras tragen. Auf dieses würde ich sie betten und sie anschließend vögeln. Ich würde sie vögeln, bis wir beide den Verstand verloren, bis wir beide erschöpft waren und diese Sehnsucht verschwunden war. Stattdessen schnappte ich mir ihre abgelegten Kleider und ging zurück in die Hütte, wobei ich mir Zeit ließ, um meine Leidenschaft abzukühlen und ihr Kleid zu verstecken. Sie würde es eine ganze

Weile nicht mehr tragen. Ich hatte es gerade in das Versteck unter einem lockeren Dielenbrett geschoben, als sie zurückkehrte. Sie schaute zu mir, wie ich nur in meiner Hose dastand, bevor sie den Blick abwandte.

Ich tat das jedoch nicht. Ich sah mich an ihr satt. Ihre Haare waren jetzt offen und hingen lang hinab bis zu ihrer Taille. Lange Strähnen wilder Locken fielen über ihre Schultern und Brüste. Ihre Unterwäsche war feucht, nicht mehr tropfnass und vollgesogen wie zuvor, wodurch sie etwas weniger durchsichtig war. Sie war perfekt proportioniert, wohlgeformte Beine, schmale Taille und ihre Brüste. Es juckte mich in den Fingern, sie zu umfangen und ihr volles Gewicht zu testen. Ihre Nippel waren durch den dünnen Stoff nach wie vor zu sehen. Sie sah... lüstern aus. So ganz anders als die Geziertheit, die sie bisher gezeigt hatte.

Indem ich mich zum Herd drehte, nahm ich den Topf Bohnen und schöpfte mit einem Löffel etwas davon auf jeden der Teller, die Caroline vorhin auf den Tisch gestellt hatte. „Ich habe sie noch mal aufgewärmt. Bitte." Ich deutete mit der Hand auf einen der Stühle.

„Ich hätte bitte gerne mein Kleid."

Ich schüttelte den Kopf. Je eher sie sich an mich gewöhnte, desto besser. Ihr Körper gehörte jetzt zu mir und ich wünschte ihn zu sehen. Das Unterkleid und Höschen waren bereits Zugeständnisse an sie, da ich eigentlich geplant hatte, dass sie nackt bleiben sollte.

Sie rührte sich nicht, sondern verschränkte ihre Hände nur fest vor sich.

„Ich kann mich nicht setzen, bis du es tust", fügte ich hinzu, um sie anzuspornen.

„Wir müssen essen, ohne dass wir all unsere Kleider tragen?" Sie biss auf ihre Lippe.

„Ja."

Die Lippen schürzend, setzte sie sich schließlich und zupfte steif an ihrem Unterkleid herum. Es verhüllte sie kein bisschen und es würde schwer für mich werden, ihr gegenüber zu sitzen und in die Augen zu blicken, wenn ihr Köper doch so hübsch war.

Ich räusperte mich und machte mich über das Essen her. Es war nicht viel, aber ich brauchte Nahrung für das, was ich später noch vorhatte. Nachdem wir unser karges Mal einige Zeitlang schweigend zu uns genommen hatten, sprach ich: „Du hast Fragen an mich, vermute ich mal."

Schweigen würde mir nichts nützen, da es ihr nur erlauben würde, sich auf ihren *leichtbekleideten* Zustand zu konzentrieren. Ich wollte nicht ihren Zorn erregen. Ich wollte ihre Leidenschaft.

Sie legte ihre Gabel ab. „Wie heißt du?"

Ich sah sie an, ihre kornblumenblauen Augen, die Unsicherheit in ihnen. „Eine gute Frage", erwiderte ich grinsend. All diese Zeit hatte ich völlig vergessen, dass sie McCallister meinen Namen nur einmal hatte rufen hören. Sie hatte keinen blassen Schimmer, wie der volle Name ihres Entführers lautete. Ihres Banditen. *Ihres zukünftigen Ehemannes.* „Finn Masters."

„Woher... woher wusstest du, dass ich in der Kutsche sein würde?" Ich beobachtete ihren schlanken Hals, als sie schluckte, und meine Augen sanken tiefer zu der Rundung ihrer Brüste.

„Ein Kartenspiel im Saloon." Ich löffelte einige Bohnen auf, aß.

Kleine Falten legten sich auf ihre ansonsten glatte Stirn.

„Ich war Thema bei einem Kartenspiel? Von wem?"

„Horace Meecham", antwortete ich.

Ihre Augen weiteten sich vor Überraschung. „Du hast

mich entführt, weil... ja warum?", fragte sie zögerlich, vielleicht weil sie vor der Antwort Angst hatte.

Mein Teller war leer, weshalb ich mich auf meinem Stuhl zurücklehnte und meine Hände auf meinem Bauch ablegte. Es war kein Steakdinner, aber es würde reichen. „Möchtest du eine Vermutung äußern?" Ich zog eine Braue hoch und forderte sie stumm heraus.

Sie biss auf ihre Lippe und schaute zu mir, wobei ihr Blick über mich glitt. Augen, Haare, Kinn, Mund, nackte Brust, Hände und wieder die Augen. Die Art und Weise, wie ihre Zähne das zarte rosa Fleisch eindrückten, ließ mich auf meinem Stuhl herumrutschen.

„Du möchtest nicht, dass Horace Meecham mich bekommt", antwortete sie.

„Korrekt." Ich wollte nicht, dass *irgendjemand* sie bekam. Sie war mein und sie stand kurz davor, das herauszufinden. Ich wollte ihre sittliche Fassade zerbrechen sehen und die leidenschaftliche Frau betrachten, von der ich wusste, dass sie sich dahinter verbarg. Ich kannte sie erst seit wenigen Stunden, aber ich hatte es gesehen. Ganz kurz, wenn sie für einen Moment die Kontrolle verloren hatte, wenn ihr die Wut die Röte in die Wangen getrieben und ihre Augen dunkelblauer gemacht hatte. Dafür gesorgt hatte, dass sich ihre Brüste mit jedem tiefen Atemzug gehoben und gesenkt hatten. Und jetzt, während sie hier saß, wie sie war, ohne das Kleid, das sie schützte.

„Aber ich bin mit ihm verheiratet. Verheiratet! Das ist nichts, das einfach rückgängig gemacht werden kann, ganz gleich wie deine Absichten aussehen." Ihre Hände hoben sich und fuchtelten beim Sprechen durch die Luft. „Du lässt mich hier unanständig bekleidet sitzen, wenn ich doch mit einem anderen verheiratet bin."

Soweit sie wusste, war sie eine verheiratete Frau. Ihre

Ehrlichkeit, ihre Loyalität dem Sakrament der Ehe gegenüber, obgleich sie ihren Ehemann nie kennengelernt hatte, war ein Beispiel für ihre Charakterstärke. Ich wollte eine Frau, die an den heiligen Bund der Ehe glaubte und daran, dass eine Frau zu ihrem Ehemann gehörte.

„Es gibt eine Möglichkeit, wie eine Ehe gelöst werden kann", widersprach ich.

Sie hielt inne und dachte nach. „Scheidung?"

Ich schüttelte den Kopf. „Tod."

Ihr Mund klappte auf und das Blut wich ihr aus dem Gesicht. „Du hast doch nicht vor mich... mich zu töten. Dadurch gewinnst du nichts."

„Wohl wahr."

„Du beabsichtigst, Horace Meecham zu töten?" Ihre Stimme quiekte die Frage.

Ich schüttelte den Kopf. „Er ist bereits tot. Starb vor zwei Tagen. Deswegen bist du nicht mehr verheiratet."

„Tot? Wie?" Der Puls an ihrem Hals flatterte wie ein Kolibri.

„Sein Herz." Ich musste ihr nicht verraten, dass er sich zu diesem Zeitpunkt im Bett seiner Geliebten befunden hatte.

„Wie konntest du dann Karten mit ihm spielen, wenn er bereits tot war?"

„Der Horace Meecham bei dem Kartenspiel war sein Sohn. Horace Meecham Junior."

„Er hat... hatte einen erwachsenen Sohn? Wie alt war... ähm Mr. Meecham Senior?"

Sie war schlau. Kannte sich auch mit Shakespeare aus.

„Ende fünfzig würde ich schätzen."

Ihre Augen weiteten sich leicht, da ihr eindeutig nie erzählt worden war, dass der Mann fast dreimal so alt war wie sie. Während des Gesprächs schwankte ihre Haltung kein bisschen, ihre Hände blieben in ihrem Schoß liegen. Sie war so sittsam, obgleich sie nur in ihrem Unterkleid dasaß.

„Da sein Vater tot ist, hat der Sohn vor, dich als *seine* Braut einzufordern."

Sie verzog das Gesicht. „Er erhebt Anspruch auf die Ehefrau seines verstorbenen Vaters?"

Ich nickte.

Etwas schluckend, von dem ich hoffte, dass es sich um Abscheu handelte, fragte sie: „Und Mr. Meecham Junior? Du musst den Mann ja abgrundtief hassen, dass du ihm seine Braut stiehlst."

„Wieder, wohl wahr."

„Was beabsichtigst du dann mit mir zu tun?"

„Dich heiraten selbstverständlich."

5

AROLINE

„Mich heiraten?", wiederholte ich, während ich aufstand, wodurch der schlichte Holzstuhl laut über den Boden schrapte. Der Mann war verrückt. Er hatte mich aus einer fahrenden Kutsche entführt, mich durch die Landschaft zu einer winzigen Hütte geschleift und jetzt behauptete er, er würde mich heiraten. „Warum sollte ich *dich* heiraten wollen? Du hast mich entführt! Du bist kein Stück besser als der Mann, der die Braut seines Vaters heiraten will!"

Ich wich langsam zur geöffneten Tür zurück. Die Sonne neigte sich im Westen allmählich dem Horizont entgegen, weshalb die Luft kühler war, doch der Herd war noch heiß, der Raum stickig. Perverserweise war ich froh, kein Kleid anzuhaben. Ausnahmsweise wurde ich nicht von den langen Ärmeln oder dem hohen Kragen eingeengt. Der Länge. Aber ich war vor diesem Mann entblößt und verletzlich. Er hatte nicht nur die reine Kraft und Stärke auf seiner Seite, sondern kannte auch das Terrain und wusste, wo wir waren. Zudem hatte er mein Kleid. Ich konnte nicht einfach in meinem Unterkleid in die Stadt marschieren.

Ich schloss die Augen und den Mann aus meinem Sichtfeld aus und holte tief Luft. Ich konnte nicht bis zehn zählen, mein Kopf war zu voll, meine Gedanken zu durcheinander. Wenn Horace Meecham, der Ältere, so ein erbärmliches Exemplar Mann war, warum hatte Mrs. Bidwell dann diese Verbindung arrangiert? Hatte sie den Mann falsch eingeschätzt? War ich ihr egal gewesen? Hatte er sie getäuscht? Ich musste mich einfach beruhigen.

„Caroline?" Als ich meine Augen aufschlug, begegnete ich seinem besorgten Blick. „Ich bin nicht wie Junior. *Kein bisschen* wie er. Ich habe dich gut behandelt, oder nicht?"

Ich nickte knapp.

„Er hätte sich dir aufgezwungen und das Privileg deiner Jungfräulichkeit rücksichtslos und ohne Sorge genommen. Dann hätte er dich allein in seinem großen Haus zurückgelassen, um ins Bett seiner Geliebten zu steigen. Die gleiche Geliebte, die sich auch um die Bedürfnisse seines Vaters gekümmert hat. Das gleiche Bett, in dem der Mann starb."

Ich schnitt eine Grimasse bei dem vulgären und unwillkommenen Bild, das er zeichnete. „Warum erzählst du mir das? Damit du im Vergleich besser dastehst?"

Er sammelte die Teller ein, hob den Topf vom Herd und trat um mich herum, um nach draußen zu gehen. Mir blieb keine andere Wahl, als ihm zu folgen. Er lief zum Bach, wo er am Ufer in die Hocke ging und das Geschirr wusch. „Ich konnte nicht zulassen, dass du ihm zum Opfer fällst. Ich musste dich retten. Dich beschützen."

„Mich retten, indem du mich heiratest? Was ist bitteschön besser daran, mit einem Entführer verheiratet zu sein?"

Er schrubbte einen Teller, dann den anderen, bevor er sich dem Topf widmete.

„Ich bin kein Entführer, ich bin Rancher." Seine roten Bartstoppeln erzeugten ein kratziges Geräusch, als er mit einer Hand über sein Kiefer rieb. „Meine Güte, habe ich dir auf irgendeine Weise wehgetan? Nach Lösegeld gefragt? Irgendetwas? Ich habe dich nicht entführt, sondern viel eher von Junior ferngehalten."

„Du willst mich auch heiraten."

„Das will ich, aber aus ganz anderen Gründen. Warum bist du eine Versandbraut geworden, Caroline? Was war so schlimm, dass du eine Ehe mit einem Mann akzeptieren musstest, von dem du nichts wusstest?"

Ich schürzte die Lippen.

„Warum ist es falsch, wenn ich dich vor einem Mistkerl rette und dich dann für mich selbst möchte?"

Das Geschirr war abgespült, dennoch standen wir an dem Ufer des Bachs und starrten einander an. Die Sonne war jetzt am Himmel noch tiefer gesunken. Ob es an dem ereignisreichen Tag lag oder der Schwere des Gesprächs, wusste ich nicht, aber ich war erschöpft.

„Wer hat dich verletzt, Caroline?"

„Woher weißt du –", begann ich, aber er unterbrach mich, indem er seine Hand hob, um meinen Worten Einhalt zu gebieten.

„Ich weiß es. Wer hat dich verletzt?", wiederholte er.

Ich seufzte. Er beherrschte dieses Gespräch und es war frustrierend. Wenn er mich weiterhin so beschwatzte, würde er bald all meine Geheimnisse kennen. Also schloss ich meine Augen, sperrte ihn aus. Begann, zu zählen.

Ich hörte Schritte auf dem weichen Boden, bevor ich

seine Hände auf meinen Schultern fühlte. Meine Augen flogen vor Überraschung auf. Er hatte mich nicht berührt, seit er mir vom Pferd geholfen hatte. Seine Hände waren groß, warm und ich konnte das leichte Kratzen von Schwielen an meiner Haut fühlen. „Du kannst deine Augen schließen, aber das wird mich nicht wegzaubern. Wer hat dir wehgetan? Noch einmal werde ich nicht fragen."

„Oder was? Sonst wirst du mir auch wehtun?", fragte ich bitter. Ich registrierte meinen Ausrutscher, mit dem ich seine Vermutung bestätigt hatte.

Er antwortete nicht, sondern wartete nur und ließ nicht los. Sein Daumen zeichnete träge Kreise auf meinen Schultern, was mich ablenkte. Ich war noch nie zuvor von einem Mann auf diese Weise berührt worden. Haut auf Haut.

„Mein Vater", gestand ich. „Mein Vater hat mir früher... früher wehgetan, aber ich habe einen Ausweg gefunden." Ich schaute auf die roten Haare auf seiner Brust. Seine Haut war so dunkel, so gebräunt, was bedeutete, dass er in diesem Aufzug Zeit draußen verbrachte. Ohne Hemd. Das war in der Tat ziemlich reizvoll.

„Hat er sich dir aufgezwungen?", knurrte Finn.

Ich schüttelte den Kopf, während ich mich daran erinnerte, dass ich nachts meine Tür abgeschlossen hatte oder mich sogar aus meinem Fenster gestohlen hatte, um auf der flachen Dachterrasse zu schlafen und mich vor ihm zu verstecken, wenn er getrunken hatte.

„Nein. Ich... fand Wege, mich zu schützen, zumindest davor."

„Er wird dich nie wieder anfassen", schwor er.

Ich wusste, dass er die Worte ernst meinte, da er einen großen Beschützerinstinkt zu haben schien. Sollte mein Vater wie durch Zauberhand aus heiterem Himmel auftauchen, würde mich Finn vor ihm beschützen. Doch das würde nicht geschehen. Dafür hatte ich auf sehr abschließende Art und Weise gesorgt.

„Kein Mann wird dich jemals wieder auf leidvolle Art berühren. Tatsächlich wird dich *nie* wieder ein Mann berühren."

In jedem einzelnen seiner Worte schwang jetzt nicht nur der Wille mit, mich zu beschützen, sondern auch mich zu besitzen. Er erhob Anspruch auf mich.

„Du weißt doch gar nichts über mich. Es gibt sicherlich in Apex oder einer nahegelegenen Stadt Frauen, die gehorsam und hübsch sind."

„Bei dem Gehorsam bin ich mir nicht so sicher, aber hübsch habe ich bereits direkt vor mir."

Ich errötete bei seinen Worten. Das war das erste männliche Kompliment, das ich jemals erhalten hatte. Mit einem betrunkenen Vater zusammen zu wohnen, der, wenn er nüchtern war, ziemlich kontrollierend war, hatte mich von männlichen Verehrern ferngehalten. Bis jetzt.

„Du solltest in der Berührung eines Mannes nur Vergnügen finden. In *meiner* Berührung. Ab jetzt."

Bevor ich einen Moment hatte, seine Worte zu reflektieren, lag sein Mund auf meinem. Seine Lippen waren so weich, wie ich es mir vorgestellt hatte, als er sie sanft hin und her gleiten ließ, als würde er sich die Form meines Mundes einprägen. Er behielt seine Küsse nicht nur meinem Mund vor, sondern arbeitete sich meinen Kiefer entlang zu der weichen Stelle hinter meinem Ohr. Ich neigte meinen Kopf unfreiwillig zurück, um ihm besseren Zugang zu gewähren.

„Oh meine Güte", flüsterte ich, während kleine Schauder über die Länge meiner Wirbelsäule hoch und runter rieselten. Mir war überall heiß und kalt, meine Atmung war laut. Ich spürte krause Haare und warme Haut unter meinen Fingern und realisierte, dass ich meine Hände auf seine Brust gelegt hatte. Ein Laut entkam seiner Kehle, als ich das tat.

Finns Mund fuhr fort, über meinen Körper zu wandern hinab zu meinem Nacken und der Stelle, wo meine Schulter auf meinen Hals traf. Seine Zunge schnellte hervor und leckte über die Stelle. Wie konnte die Haut dort nur so empfindlich sein? Ich fühlte, dass sich meine Brustwarzen zusammenzogen, wenn er an der Haut knabberte. Während er sich weiter nach unten arbeitete, nahm er den dünnen Träger meines Unterhemdes zwischen seine Zähne und schob ihn von meiner Schulter. Das dünne Material blieb an der Rundung meines Busens hängen.

Es fühlte sich so gut an. Ich hatte nicht gewusst, dass es sich so anfühlen könnte. Meine Mutter hatte mir, als sie noch lebte, erzählt, dass ich die Berührung eines Mannes sowie seine Annäherungsversuche ertragen würde müssen. Sie hatte gesagt, ich könnte aber mit meinem zukünftigen Ehemann auch Glück haben und dass er ein freundlicher, vielleicht sogar sanfter Mann sein könnte. Ich hatte gedacht, sie meinte damit, dass er mich nicht schlagen würde. Das... das war etwas ganz anderes.

Wie konnte nur das leichte Streifen der Lippen eines Mannes mein Blut dicker, mein Herz langsamer, meine Atmung unregelmäßig werden lassen und meine Gedanken in alle Richtungen verstreuen wie Löwenzahnschirmchen im Wind? Als sein Kopf tiefer wanderte, um meine Brustwarze, die nach wie vor – kaum – von dem dünnen Stoff bedeckt war, in den Mund zu nehmen und zu saugen, schrie ich auf. Seine Bartstoppeln kratzten und scheuerten über meine zarte Haut. Als ich in seine Haare griff, fühlten sie sich seidig in meinen geballten Fingern an. Zog ich ihn näher oder stieß ich ihn von mir?

„Du bist ein schrecklicher Entführer. Sie sollte an einen Stuhl gefesselt sein und darauf warten, gegen Lösegeld eingetauscht zu werden", rief eine Stimme hinter mir. Wir waren nicht allein.

Ich spürte, wie sich Finns Mund an meinem Busen zu einem Lächeln formte, ehe er seinen Kopf hob. Ich machte einen Satz nach hinten und Finn legte eine beruhigende Hand auf meine Schulter, während ich hinter ihn huschte, um meinen entblößten Körper vor dem Neuankömmling abzuschirmen. Meine Finger fummelten hektisch an meinem Träger, um ihn wieder über meine Schulter zu schieben.

„Vielleicht bin ich einfach klüger", erwiderte Finn, der seinen Kopf neigte, um auf mich hinabzublicken. „Paul Stevens, darf ich dir Miss Caroline Turner vorstellen."

Der Mann nahm seinen Hut ab, womit er seine dichten schwarzen Haare enthüllte. Er war einige Zentimeter kleiner als Finn, dennoch kompakt gebaut. Der Blechstern an seiner Brust wies auf seinen Beruf hin, bei seiner Größe hätte er jedoch auch gut in einer Brennerei in Minneapolis arbeiten können, wo er Fässer hin und her schleppte. „Ma'am."

„Bist du hier, um mich zu verhaften?"

Der Mann zog eine Braue hoch. „Sollte ich das?"

„Ich bin überrascht, dass du uns so schnell gefunden hast", sagte Finn.

Der Gesetzeshüter schüttelte nur den Kopf und sah betrübt aus. „Deine Beleidigungen treffen mich schwer. Vor ein paar Stunden stürmten Meecham und McCallister ins Gefängnis mit Geschichten über eine Entführung und Brautraub. Zum Glück hat McCallister nur von seinem Erlebnis berichtet und sich dann aus dem Staub gemacht, da er mehr Interesse an dem Whisky im Saloon hatte als daran, dass der Gerechtigkeit Genüge getan wird. Tut mir leid, Ma'am, aber der Mann ist nicht bekannt für seine mitfühlende Ader."

Das wusste ich aus eigener Erfahrung.

„Meecham war jedoch nicht zu beruhigen." Mr. Stevens rieb sich mit der Hand über den Nacken und schaute zu Finn. „Er ritt zu deiner Ranch, um dich zur Rede zu stellen. Ich ritt stattdessen hierher, da ich dich schließlich recht gut kenne."

Waren diese Männer Freunde?

„Er war wütend, was?"

Ich schaute zu Finn hoch, der lächelte und entspannt wirkte. Er hatte nicht die Miene eines Mannes aufgesetzt, der auf bestem Wege ins Gefängnis war.

„Wie eine Katze, die in einen Bach geworfen wurde." Mr. Stevens schüttelte den Kopf und grinste bei der Erinnerung, dann wurde er wieder nüchtern. „Er will dir das Fell über die Ohren ziehen."

„Er kann es ja versuchen."

„Er will auch seine Braut."

„Die Braut seines Vaters", konterte Finn. „Seine Witwe."

Der Sheriff rieb sich abermals mit der Hand über den Nacken. „Das ist nicht die Geschichte, die er erzählt. Er behauptet, sie sei *seine* Braut. Hätte sie von Minneapolis hierher bestellt."

„Ich werde dir deinen Job erleichtern."

Der andere Mann schaute überrascht zu Finn. „Das wäre nett. Ausnahmsweise mal. Und wie willst du das tun?"

„Caroline heiratet mich. Jetzt."

Hatte ich ihn richtig gehört? Mein Verstand war ganz benebelt von Finns Küssen. „Jetzt?", fragte ich.

„Stevens ist ein Friedensrichter", entgegnete Finn.

„Ich kann dich nicht *jetzt* heiraten", protestierte ich. „Du kennst mich nicht einmal!"

Er wusste nicht, was ich getan hatte. Abgesehen davon, dass er mich entführt hatte, schien Finn ein anständiger Mann zu sein. Vielleicht so anständig, dass er gewillt gewesen war, mich zu entführen, um mich zu retten. Und seine Berührung, seine Berührung war... unglaublich. Er war... gut. Während ich böse war.

Sehr, sehr böse. Ich hatte zugesehen, wie meine Mutter den verbalen und häufig körperlichen Misshandlungen meines Vaters ausgesetzt worden war, und er hatte diese Aufmerksamkeit mir angedeihen lassen, nachdem sie gestorben war. Das war etwas, das ich jahrelang ertragen hatte. Als er jedoch begonnen hatte, mich auf die Weise zu betrachten, wie das ein Mann bei einer Frau tut, wie es Finn bei mir tat, hatte ich gewusst, dass ich ihn stoppen musste. Und daher hatte ich ihn getötet. Ich war eine Mörderin. Eine kaltblütige Mörderin und Finn wusste das nicht, genauso wenig konnte ich es ihm erzählen. Ich hatte das Recht in Bezug auf das Verbrechen auf meiner Seite. Selbst die Polizei betrachtete es als einen Unfall, aber das änderte nicht die Tatsache, dass ich im Gefängnis landen könnte – und sollte. Hängen sollte. Stattdessen hatte ich die Rolle als Versandbraut akzeptiert, wobei es mich nicht interessiert hatte, wer der Bräutigam war. Ich hatte einfach nur weggemusst.

Nun, da ich vom Charakter der beiden Mr. Meechams erfuhr, kam ich zu dem Schluss, dass ich meine Abreise vielleicht doch etwas zu überhastet vorgenommen hatte. Einen grausamen Mann in meinem Leben gegen einen anderen einzutauschen, war nicht gerade klug. Wenn ich so klug war, mit einem Mord davonzukommen, sollte ich bei der Wahl meines Ehepartners eigentlich weiser sein.

Eine Mörderin und ein Bandit. Vielleicht passten wir doch recht gut zusammen. Finn sollte mir gegenüber misstrauischer sein als ich ihm gegenüber, denn ich war mit meinem Verbrechen davongekommen. Niemand stellte Fragen, wenn ein langjähriger Säufer im Schlaf starb, die Whiskyflasche in der Hand.

„Weißt du es nicht?" Finn drehte sich zu mir um, hielt mein Kinn fest und zwang mich, in seine grünen Augen zu blicken. „Ich habe gerade damit angefangen, das zu tun, als wir so rüde unterbrochen wurden."

Der Gesetzeshüter gluckste, während ich heftig errötete.

„Du hast Meecham Senior per Stellvertreter geheiratet und ihn nie kennengelernt", stellte Finn schlicht fest.

Das stimmte. „Vielleicht habe ich ja meine Fehler eingesehen. Vielleicht bist du genau wie er. Ich kenne dich noch nicht lange genug, um das zu wissen."

Finns Kiefer pressten sich so fest aufeinander, dass ich mir um seine Zähne Sorgen machte. „Du kannst meinen Charakter nicht auf Grundlage der letzten paar Stunden, die wir zusammen verbracht haben, beurteilen?"

„Du hast sie entführt", gab der Gesetzeshüter zu bedenken.

Finn richtete seinen harten Blick auf seinen Freund.

„Ich habe sie von Meecham ferngehalten. Ich habe sie beschützt. Ich war ein Gentleman. Ich bin nicht über sie hergefallen."

„Es sah aber schwer danach aus, als wärst du auf dem besten Weg dorthin gewesen, als ich euch überrascht habe", konterte Mr. Stevens trocken.

Finn seufzte. „Du bist *keine* Hilfe."

„Du bist ein Bandit", sagte ich.

Mr. Stevens grinste über meine Worte. „Ma'am, ich kenne Finn Masters schon mein ganzes Leben. Er ist *kein*

Bandit. Als wir noch grün hinter den Ohren waren, hat er mich zwar ein oder zweimal in eine schwierige Situation gebracht, aber Sie werden keinen besseren Ehemann finden. Mit Ausnahme von mir vielleicht."

Finn mochte kein richtiger Verbrecher sein, aber ich war immer noch eine Mörderin. Verdiente ich einen Mann, der ein solch glühendes Lob erhielt?

„Sie gehört zu mir", erwiderte Finn in einem sehr besitzergreifenden Ton und zog mich an seine Seite.

Mr. Stevens hielt seine Hände hoch. „Ist ja gut, ist ja gut."

„Aber –" Ich wollte ihn von seinem Vorhaben abbringen, denn wenn er so nett war, wie sein Freund behauptete, war ich dann die beste Frau für ihn?

„Du wurdest kompromittiert, Caroline. Mein Mund war auf deinem Busen. Du hast nur dein Unterkleid an. Deine Haut ist gerötet, deine Nippel sind feste kleine Knospen. Stevens kann sich mit eigenen Augen davon überzeugen, dass ich dir deine Tugend geraubt habe."

„Das hast du nicht!", widersprach ich.

„Deine Tugend, ja, deine Jungfräulichkeit, nein. Zumindest noch nicht. Ich habe dir gesagt, dass dein Jungfernhäutchen sicher ist, bis du verheiratet bist."

Ich öffnete und schloss meinen Mund wie ein Fisch, während ich mich darum bemühte, mir irgendeine Erwiderung einfallen zu lassen, aber ich hatte keine. Ich hatte mich noch nie so tugendlos wie in diesem Moment gefühlt.

„Er hat recht, Miss Turner. Ich kann Finn richtigerweise nicht ungeschoren davonkommen lassen. Er muss zur Verantwortung gezogen werden und Sie heiraten."

„Jetzt, Stevens", befahl Finn.

„Hättest du gerne, dass deine Braut ein Kleid trägt oder vielleicht ein Hemd für dich?"

„Genau so. Jetzt", wiederholte er. Finns grüne Augen sprühten Funken, jedoch nicht vor Wut, sondern vor Triumph. Er hatte mich gänzlich eingefangen. Nachdem er mich hinter seinem Rücken hervorgezogen hatte, legte er einen Arm über meine Schulter, um mich sicher an seine Seite zu drücken. „Wollen wir anfangen?"

6

INN

Wäre Stevens noch fünf Minuten länger geblieben, hätte ich ihn erschossen. Caroline und ich hatten unsere Eheversprechen gegeben, vielleicht mit nicht ganz so viel Überzeugung ihrerseits, aber es war getan. Stevens' Teil war getan. Wir waren ordnungsgemäß verheiratet. Meecham würde sie nicht mehr anfassen können. Niemand würde ihr jemals wieder wehtun können.

Was übrigblieb war die Inanspruchnahme. Der Vollzug der Ehe war kein großes Problem, da Stevens Caroline in einer sehr kompromittierenden Lage gesehen hatte. Hier stand nicht nur ihre Tugend auf dem Spiel, sondern auch meine Ehre. Deshalb würde unser Ehe auch ohne eine richtige Vollziehung Bestand haben, aber für mich war das der wichtigste Teil. Vor den Augen des Gesetzes waren wir verheiratet, aber ich musste sie zu der Meinen machen.

Ich gab Caroline nicht einmal Gelegenheit, sich zu

verabschieden, sondern warf sie über meine Schulter und lief zügig mit ihr zur Hütte. Dieses Mal wehrte sie sich nicht. Mein Abschiedsgruß an meinen Freund war ein vages Winken. Ich zweifelte nicht daran, dass der Mann mein Interesse an der Eile verstand und mich vermutlich noch viele Jahre lang daran erinnern würde. Oder zumindest, bis er heiratete und wir quitt waren.

Da sich die Sonne mittlerweile fast dem Horizont genähert hatte und der Herd jetzt kühl war, trat ich die Tür hinter uns zu. Ich brauchte es nicht unbedingt, dass sich uns mitten in der Nacht wilde Tiere anschlossen. Ich ließ Caroline auf das Bett fallen, wo sie einmal auf und ab federte und sich ihre Augen vor Überraschung weiteten. Ihre Haare waren wild auf ihrem Kopf zerzaust und der Saum ihres Unterkleides war ihre Schenkel hochgerutscht, wodurch ihr Höschen sichtbar wurde.

Ich war ziemlich zufrieden mit mir. Kein Kleid, das meine Fortschritte, sie auszuziehen, behindern würde. Ich war ebenfalls auf halbem Weg dorthin, da ich nur meine Hosen trug. Das war die einzige, mir bekannte Hochzeit, bei der Braut und Bräutigam kaum bekleidet waren. „Setz dich auf, Baby."

Als wüsste sie, wie sehr sie wie eine Verführerin aussah, als sie das tat, stemmte sie sich auf ihre Ellbogen und dann in eine aufrechte Position.

Ich deutete mit dem Kinn in ihre Richtung. „Zieh dein Unterkleid aus." Als sie nur zu mir hochsah, die hellblauen Augen misstrauisch, fragte ich: „Du weißt doch, was passieren wird, oder?"

Sie leckte sich über die Lippen und mein Schwanz drängte sich gegen meine Hose, erpicht darauf, ihre rosa Zunge zu fühlen. „Größtenteils."

„Ich werde dein Jungfernhäutchen nehmen. Dich

erobern. Dich ficken. Der erste Schritt besteht darin, all deine Kleider zu entfernen." Um ihr die Befangenheit zu nehmen, fragte ich: „Möchtest du, dass ich mich zuerst ausziehe?"

Ich hoffte, sie würde verneinen, denn ich war mir nicht so sicher, ob ich mich beherrschen könnte, würde ich meinen Schwanz aus meiner Hose befreien. Ich fühlte mich wieder wie ein notgeiler Jugendlicher, nur weil ich wusste, dass sie mein war. Und wie sie aussah, ganz zerzaust und reizend, ich stöhnte innerlich.

Als ich beobachtete, wie sich ihre Augen auf die Vorderseite meiner Hose senkten, gab ich diesen Gedanken auf. Zum Teufel damit. Ich öffnete die Knöpfe, dann schob ich mir die Hose über die Hüften und meine Beine hinab, bevor ich sie zur Seite trat. Wieder einmal stand ich nackt vor ihr.

„Bist du... bist du immer so?" Sie deutete auf meinen Schwanz, der strammstand.

„In deiner Nähe? Ja."

„Ich... ich denke nicht, dass er passen wird."

Ich war groß. Ich bezweifelte, dass ihre Worte als Kompliment gedacht waren, aber ich grinste dennoch. „Ich werde passen. Deine Pussy wird sich dehnen, um mich aufzunehmen."

„In Ordnung." Sie legte sich zurück und verdeckte die Augen mit ihren Händen. „Ich bin bereit."

Ich stand verblüfft da und betrachtete meine Frau, die dalag, als wäre sie bereit sich zu opfern. Hätte sie das nicht ernst gemeint, hätte ich gelacht. Ihr Wissen, worum es beim Sex ging, war eindeutig trostlos. Nicht trostlos in dem Sinne, dass sie nicht viel wusste, sondern weil ihr erzählt worden war, dass es etwas Schreckliches war. Etwas, das es wert war, die Augen zu verdecken und so zu tun, als würde es nicht passieren.

Ich hatte vorgehabt, langsam vorzugehen, sogar zärtlich, da sie noch Jungfrau war. Jetzt musste ich jedoch sogar noch umsichtiger sein. Es war meine Aufgabe, ihr zu zeigen, wie es wirklich sein könnte, und dass es über das reine Ertragen hinausging. Sie würde kommen und das mehr als einmal, ehe ich fertig war.

Ich stemmte ein Knie neben ihrer Hüfte auf das Bett und senkte mich zu beiden Seiten ihres Kopfes auf meine Unterarme. Mein anderes Bein schob sich langsam zwischen ihre. Sie versteifte sich, als ich das tat. Sie war so klein, so winzig im Vergleich zu mir.

„Schh", summte ich und strich ihr die Haare von der Stirn. „Sex ist mehr, Caroline, als dass ich nur meinen Schwanz in dich stecke. Hat es dir gefallen, als ich dich geküsst habe?"

Sie nickte, aber ihre Augen waren nach wie vor verdeckt.

„Schau mich an, Caro."

Sie senkte ihre Hände und sah durch ihre hellen Wimpern zu mir auf.

„Ich werde dich nicht nehmen, bis du bereit bist. Ich werde sogar warten, bis du mich anflehst."

„Was, wenn ich nie bereit bin?", fragte sie mit besorgter Miene.

„Dann mache ich es falsch." Genug geredet. Ich musste sie schmecken. Indem ich meinen Kopf senkte, küsste ich sie. Anders als vorhin, als ich mich nicht lange mit ihrem Mund aufgehalten hatte, tat ich das jetzt. Als ich mit meiner Zungenspitze über ihre volle Unterlippe glitt, keuchte sie und ich nutzte das sofort aus und schob meine Zunge in ihren Mund. Die Seiten ihres Kopfes haltend, neigte ich sie so, wie ich wollte, um den Kuss zu vertiefen. Sie schmeckte süß wie Sauerkirschen. Ich wusste nicht, wie sie so schmecken konnte, doch das tat sie. Leise Laute entwichen ihrer

Kehle und ich wusste, dass ich nicht zu grob war. Ich könnte sie den ganzen Tag lang küssen und die süße Unschuld ihres Mundes genießen. Sie war noch nie zuvor geküsst worden, das war eine Tatsache. Ihre Zunge spielte zögerlich mit meiner, ihr Mund tastete umher, was es sogar noch sinnlicher machte. Aber ich wollte mehr von ihr schmecken.

Dem Pfad folgend, den ich zuvor genommen hatte, knabberte ich an ihrem Kiefer, leckte über ihre Ohrmuschel und saugte an dem zarten Ohrläppchen. Als sie in Reaktion darauf seufzte, ging ich zu ihrem Nacken über, und leckte über ihren Puls, der gegen meine Zunge flatterte. Ihre Schlüsselbeine traten deutlich hervor und ich küsste eines entlang, dann das andere.

„Hat es dir gefallen, als dein Nippel in meinem Mund war?"

Carolines Hände lagen auf meinen Schultern, ihre Fingernägel bohrten kleine Halbmonde in meine Haut. Ihre Augen waren jetzt geschlossen, nicht um sich zu verstecken, sondern weil sie in den Empfindungen verloren war, die ich in ihrem Körper hervorrief. Sie nickte, wobei ihre blonden Locken über die alte Decke strichen.

„Hab keine Angst, Caro." Ich warnte sie vor, aber ließ ihr keine Zeit, sich über den Grund den Kopf zu zerbrechen. Indem ich die Vorderseite ihres Unterkleides packte, zerriss ich den Stoff ohne Weiteres und entblößte ihre Brüste und Bauch.

Ihre Augen weiteten sich vor Überraschung.

Mich auf einen Unterarm stützend, umfing ich einen Busen und mein Daumen strich über die rosa Spitze.

Ihre Augen wurden noch größer, doch dieses Mal wurden sie glasig vor Lust. Meinen Kopf ein weiteres Mal senkend, nahm ich die steife Spitze in meinen Mund. Sie war wie eine kleine Himbeere, ganz rosa und fest. Finger vergruben sich in meinen Haaren und hielten mich an sie, teilten mir mit, dass es ihr gefiel. Würde ich sie danach fragen, würde sie es zweifelsohne leugnen, aber die Reaktionen ihres Körpers konnten nicht vorgetäuscht werden. Nicht von jemand so Unschuldigem wie ihr.

Ich spielte nicht nur mit einem Nippel, sondern wanderte von einem zum anderen, bis sie beide von meinem Mund rot und glänzend waren. Ihre Haut war warm und wurde von einem leichten Schweißfilm überzogen. Sie schmeckte süß und jetzt leicht salzig, ihr Geruch war so weich und üppig wie sie. Ich brauchte meine beiden Händen für sie, nicht nur eine, weshalb ich mein Gewicht auf meine Knie verlagerte, um ihre beiden Brüste in meine Hände nehmen zu können. Unterdessen arbeitete ich mich nach unten vor, um die kleine Vertiefung ihres Bauchnabels zu umkreisen und dann noch tiefer zu wandern.

Erst, als ich mit meiner Nase über ihre Pussy rieb, sprach sie: „Finn, was machst du denn?"

Ich schaute an ihrem Körper hinauf, um ihr in die Augen zu sehen. Diese Perspektive, an all ihren Vertiefungen und Kurven hochzuschauen, war unglaublich erotisch.

„Deinen Körper kennenlernen."

„Aber dein Gesicht ist... dort."

Ich lächelte, dann fuhr ich mit der Nasenspitze über ihr zartes Fleisch. Ihre rosa Lippen waren durch den hauchdünnen Stoff kaum sichtbar. „Ja, das ist es." Indem ich an dem Band zupfte, das ihr Höschen zusammenhielt, lockerte ich den Stoff, schob ihn dann nach unten und über ihre Hüften, ehe ich mich auf meine Knie erhob, um dieses Hindernis vollständig von ihrem Körper zu entfernen. Ich warf es mir über die Schulter, während ich zum ersten Mal ihre Pussy betrachtete. Als sie sich anschickte, ihre Beine zu schließen, packte ich ihre Waden und stoppte ihre Bewegung. „Nein. Lass mich schauen."

„Finn!", schrie sie. „Das... das ist privat. Du sollst das nur unter der Decke machen. Wenigstens im Dunkeln."

„Hast du das gehört? Dass du dich zurücklegen und es akzeptieren sollst? Fummeln bei ausgeblasener Kerze?"

Sie nickte.

„Oh, Baby. Ich werde dich bei Tag vögeln. Bei Nacht. Im Bett, an der Wand. Auf dem Küchentisch. Draußen. Im Stall. Überall, wo ich dich nehmen kann. Ich habe eine sehr lange Liste. Aber mit einem hast du recht. Es ist privat. Nur für dich und mich. Du gehörst zu mir. Deine Pussy gehört mir."

Das war nicht der Zeitpunkt für ein Gespräch. Ich musste sie so sehr erregen, dass sie gar nicht mehr dachte. Darüber zu sprechen, zum ersten Mal von ihrer Pussy zu kosten, stellte keinen Schritt in diese Richtung dar. „Ich werde es dir zeigen. Genau jetzt."

Indem ich meine Hände ihre Beine hinaufgleiten ließ, spreizte ich sie weiter und weiter, ehe ich mich zwischen ihnen niederließ. Ich nahm mir einen Moment, um mich an ihr sattzusehen. Locken bedeckten ihren Venushügel, doch sie waren so hell, dass ihre Schamlippen sichtbar waren. So rosa und hübsch wie ihre Nippel. Ich senkte meinen Kopf und startete meinen Angriff auf ihre Sinne.

7

Ich hatte keinen blassen Schimmer gehabt. Absolut gar keine Ahnung. Meine Mutter eindeutig genauso wenig, als sie mir eine vage und kurze Version dessen gegeben hatte, was zwischen einem Mann und einer Frau geschieht. Der Tratsch und das Geflüster, das ich bei Picknicks und den wenigen Veranstaltungen, an denen ich teilgenommen hatte, aufgeschnappt hatte, war der Realität auch nicht nahe gekommen. Sie hatten alle vom Schwanz eines Mannes gesprochen und was er damit machte. Niemand hatte davon gesprochen, was ein Mann mit seinem Mund tun konnte.

Zuerst war ich verblüfft, dass er seinen Kopf zwischen meine Beine gesteckt hatte. Warum sollte er das tun wollen? Er würde Dinge sehen können, die ich selbst noch nie gesehen hatte, und es war mein Körper. Als seine Zunge nach vorne schnellte und über das empfindliche Fleisch fuhr, ruckten meine Hüften nach oben. Die Überraschung und die Intensität des Gefühls waren einfach so groß. Seine Hände, die zuerst meine Schenkel offengehalten hatten, glitten höher, um meinen Po zu umfassen und mich festzuhalten. Ich konnte mich nicht bewegen, konnte meine Hüften weder dem, was sein Mund machte, entgegendrängen noch zurückweichen.

Ich konnte nicht genau sagen, was seine Absichten waren, noch interessierte es mich. Indem ich meine Fersen in die Matratze presste, wölbte ich meinen Rücken und gab mich Finns Zuwendungen hin. Ich hatte keinen anderen Mann als Vergleich, aber an der Art, wie ich keuchte, daran, dass meine Haut feucht von Schweiß war und ich mich fühlte, als würde sich etwas in mir aufbauen und in mir brennen, konnte ich erahnen, dass er sehr erfahren in dieser Sache war.

„Finn, ich... ich weiß nicht, was ich tun soll", sagte ich, meine Stimme atemlos, mein Körper brüllend, sich nach irgendetwas verzehrend.

Seine Zunge war zu dieser kleinen Stelle gewandert, zu diesem einen Punkt... genau, oh ja, genau dort. Ganz zärtlich schnalzte er dagegen und es war, als wäre ich von einem Blitz getroffen worden. Die Wonne war so intensiv, so heiß, dass ich weiße Punkte hinter meinen geschlossenen Lidern sah. Doch das reichte nicht. Ich wollte, brauchte mehr. Ich wusste allerdings nicht, was es war, und ich wimmerte.

„Du musst nichts anderes tun als fühlen, Caro." Finns Atem war heiß auf meiner empfindlichen Mitte. Er entfernte eine Hand von meinem Po, um über die Stelle zu streicheln, an der zuvor sein Mund gewesen war, ehe er die Öffnung meiner weiblichen Mitte umkreiste. Unendlich sachte drang er nur mit der obersten Spitze seines Fingers hinein. Als sie ringsherum glitt, dachte ich, ich würde bestimmt vor Vergnügen sterben. Es war zu viel und das sagte ich ihm auch.

„Ich werde mich um dich kümmern", versicherte er mir. Ich wusste nicht wie, aber ich musste ihm glauben. Anstatt zu stoppen, wie ich es von ihm vermutet hatte, senkte er seinen Kopf ein weiteres Mal und seine Zunge leckte über meine Mitte, während sein Finger etwas tiefer stieß, bis... ja!

„Das ist die Stelle, nicht wahr?", fragte er, aber ich nahm an, dass es sich um eine rhetorische Frage handelte, denn ich kannte die Antwort nicht. Es war ganz gewiss eine *Stelle* und sein Finger, der dagegen stupste, zusammen mit der Magie, die seine Zunge wirkte, ließ mich immer höher steigen, bis ich es nicht mehr ertragen konnte und in eine Million Stücke zersplitterte. Ich zerfiel mit völliger Hingabe. Die Wonne war so unglaublich, dass ich Finns Namen schrie. Es dauerte an und an und Finn stimulierte meinen Körper unablässig. Endlich, nach einer Zeitspanne, die ich nicht kannte, kehrte ich zu mir selbst zurück. Ich lag erschöpft auf dem Bett, erschlafft, feucht von Schweiß, auf eine Weise befriedigt, die ich mir nie auch nur vorgestellt hatte. Finns Mund lag immer noch auf mir, sein Finger glitt immer noch über die Stelle in mir.

„Noch mal", sagte er und machte sich mit gleichem, wenn nicht sogar größerem, Eifer ans Werk.

Dieses Mal war mein Körper bereit, übermäßig empfindlich und es dauerte nicht lange, bis ich erkannte, dass ich noch einmal zersplittern würde. Dieses Mal war das Vergnügen exquisit scharf, grenzte beinahe an schmerzhaft. „Nicht mehr. Ich... ich kann nicht mehr ertragen."

Meine Finger waren in seinen Haaren und ich hielt ihn an mich gepresst. Wann hatte ich sie dorthin getan? Als ich meinen Griff lockerte, hob er seinen Kopf und wischte sich mit dem Handrücken über das Kinn, wobei er über seine Bartstoppeln kratzte.

Er stemmte sich auf seine Knie, aber ließ seinen Finger in mir. Anstatt ihn herauszuziehen, fügte er noch einen hinzu. „Du bist so eng."

„Was war das?", fragte ich überwältigt von dem, was Finn gerade getan hatte.

Er grinste. „Du bist gerade gekommen. Zweimal." Seine Finger setzten sich in Bewegung, rein und raus. „Du bist so feucht. Spürst du das?"

Ich zuckte zusammen, ein Hauch von Schmerz vermischte sich mit den schwelenden Empfindungen, die seine Finger erzeugten.

„Dein Jungfernhäutchen. Es ist genau dort. Ich bin nur bis zu meinen ersten Knöcheln in dir, Baby." Es war schwer, sich auf seine Worte zu konzentrieren, während sich seine Finger weiterhin in mir bewegten. „Ich werde dich komplett ausfüllen."

Ich sah zwischen uns zu seinem Schwanz, der jetzt ein dunkles Pflaumenlila angenommen hatte. Dicke Adern pulsierten an der langen Länge und klare Flüssigkeit quoll aus der stumpfen Spitze.

„Musst du gefüllt werden, Caro?"

„Oh, Gott, Finn", keuchte ich. Wie war es möglich, dass ich noch einmal diese Glückseligkeit fühlen wollte? Ich wollte noch einmal... kommen. Dieses Mal wollte ich jedoch seinen Schwanz in mir haben. Meine inneren Wände zogen sich voller Erwartung um seine Fingerspitzen zusammen. Ich fühlte mich... leer und die Vorstellung, dass er mich füllte, wie er gesagt hatte, brachte mich dazu, zu sagen: „Ja. Ja, bitte."

Sich nach vorne beugend, stützte er sich auf eine Hand, während er seine Finger aus meiner Öffnung zog. Ich machte ein finsteres Gesicht, da ich mich vernachlässigt fühlte. „Finn, warte. Hör nicht auf."

Er führte seinen Schwanz an die Stelle, wo seine Finger gewesen waren. Die stumpfe Spitze presste nach vorne und spreizte mich. „Ich werde nicht aufhören, Baby. Ich werde dich zu der Meinen machen."

Langsam schob er sich nach vorne und sein Schwanz dehnte mich immer weiter, bis er innehielt, gerade mal einen oder zwei Zentimeter in mir. Seine grünen Augen waren dunkler, als ich sie je zuvor gesehen hatte, seine Wangen gerötet und seine Kiefer fest zusammengepresst.

„Finn?", keuchte ich. War es das? War das Sex? Da ich dachte, ich sollte mich bewegen, verlagerte ich meine Hüften und sein Schwanz strich über die Stelle, die seine Finger massiert hatten. Meine Augen weiteten sich und er grinste auf mich hinab.

„Nur ein Zwicken, Baby, dann nur noch Vergnügen." Er wartete nicht mehr, ließ mich keine Sekunde länger raten, was Sex nun bedeutete, denn er bewegte seine Hüften und stieß sich vollständig in mich, sodass das stumpfe Ende seines Schwanzes in mir anstieß.

Ich keuchte, als ich spürte, wie mein Jungfernhäutchen riss, aber es war nicht so schmerzhaft, wie man mir gesagt hatte. Bisher war alles, das ich gehört hatte, falsch gewesen. Da war kein Schmerz, nur ein unangenehmes Gefühl und die merkwürdige Empfindung so vollständig gefüllt zu sein. Er war so groß, dass er mich weit dehnte. „Alles in Ordnung?", erkundigte er sich mit rauer Stimme. Als ich zu ihm schaute, konnte ich sehen, dass er sich immer noch stark zurückhielt. Er tat das für mich und erlaubte mir, mich daran zu gewöhnen. Er hatte gesagt, er würde damit warten, mich zu vögeln, bis ich bereit war, bis ich darum flehte. Ich hatte gefleht. Er hatte gesagt, jetzt, da ich sein war, würde es nur noch Vergnügen geben. Also nickte ich, bereit noch einmal zu... zu kommen.

„Braves Mädchen." Er lächelte, dann begann er, sich zu bewegen, sich zurückzuziehen und mich dann tief zu füllen, wieder und wieder.

Ich konnte das Geräusch meiner Feuchtigkeit hören, meiner Erregung, die seinen Schwanz überzog und sein Eindringen glitschig und leicht machte. Ich presste meine Knie gegen seine Hüften, während ich mit meinen Füßen über seine Waden glitt, auf der die Haare weich waren. Ich packte seinen Rücken und klammerte mich mit aller Kraft daran fest, aber er würde mich ohnehin nirgends hingehen lassen. Ich steckte fest, war gefangen und mit Finn verbunden. Ich spürte bei jeder Bewegung seiner Hüften, wie sich seine Muskeln anspannten und entspannten. Als meine Hände tiefer über seinen Hintern glitten, zog ich ihn in mich, weil ich ihn tief in mir haben wollte. Irgendwo in meinem Inneren rieb mein Schwanz über etwas und jedes Mal, wenn er das tat, brachte mich das zum Stöhnen. Nachdem ich zweimal gekommen war, erkannte ich nun, dass ich wieder kurz davor war. Finn musste das auch bemerkt haben, denn er griff zwischen uns und rieb mit seinem Daumen über die Stelle, die er zuvor mit seiner Zunge verwöhnt hatte.

„Komm, Caro. Zeig mir dein Vergnügen, während du auf meinem Schwanz kommst."

Das tat ich. Auf seinen Befehl hin erschauderte mein Körper und ließ los. Meine inneren Wände verkrampften sich immer wieder um seinen Schwanz und versuchten, ihn tiefer zu ziehen. Meine Wonne war mit ihm in mir sogar noch intensiver als bei den beiden Malen zuvor, als ich gekommen war. Das war der Himmel auf Erden. Das war sinnlich. Das war... Glückseligkeit.

Finns Hüften bewegten sich schneller, härter und entrangen meinem Körper auch noch das letzte Quäntchen Vergnügen, ehe er seinen Rücken durchbog und stöhnte. Ich spürte, wie sein Schwanz in mir dicker wurde, kurz bevor er sein eigenes Vergnügen fand. Er brauchte eine Minute, bis er seine Atmung beruhigte. Sein schweres Gewicht presste mich in die Matratze, während ich seinen Atem heiß an meinem Hals fühlte. Langsam, vorsichtig, zog er sich heraus und ich spürte, die Feuchtigkeit aus mir tropfen.

„Blute ich?", fragte ich leicht panisch. Hatten die Stöße seines Schwanzes mein Inneres verletzt?

Finn, der nicht im Geringsten besorgt wirkte, griff zwischen uns, tauchte seine Finger in die Feuchtigkeit und hob sie hoch, damit ich sie sehen konnte. „Mein Samen. Ich habe dich bis zum Überfließen mit meinem Samen gefüllt."

„Oh", erwiderte ich lächelnd. Mein Gehirn war mit absoluter Gewissheit Brei. „Ist es immer so? Ich hatte Geschichten gehört, aber das war kein Vergleich dazu."

Finn trat vom Bett, schnappte sich das Tuch, das ich beim Bach zum Abtrocknen benutzt hatte, und kehrte zurück. Vorsichtig schob er meine Schenkel auseinander und strich über die Stelle dazwischen. „Wund?"

Ich nickte verlegen und schläfrig. „Ein wenig."

„Ich hab dich hart genommen. Deine Pussy ist ganz rot und geschwollen." Seine Finger verharrten zwischen meinen Schenkeln und strichen ehrfürchtig über mein erhitztes Fleisch. Die Berührung war so sanft, dass sie nicht wehtat und dafür sorgte, dass ich mich zum ersten Mal in meinem Leben sicher fühlte. Er hatte meinen Körper genommen, aber mir im Gegenzug etwas gegeben. Wonne. Immer und immer wieder. „Um deine Frage zu beantworten, nein. Es ist nie so."

Ich hatte den Mann erst vor wenigen Stunden kennengelernt und jetzt war ich mit ihm verheiratet. Ich hatte ihm erlaubt, meine Jungfräulichkeit zu nehmen – mit zügigem und zartem Geschick seinerseits – und er hatte seinen Samen in mir gepflanzt. Ganz plötzlich war es zu viel. Die wundervollen Empfindungen, die er meinem Körper entlockt hatte, der lange Tag, *alles* überschwemmte mich und brach in Form von Tränen aus mir hervor. Aus Furcht, er könnte über meine plötzliche Verhaltensänderung wütend sein, drehte ich meinen Kopf weg und verdeckte meine Augen mit einer Hand.

„Oh, Caro, weine nicht."

„Warum... warum nennst du mich so?", fragte ich zwischen Schluchzern.

Er setzte sich auf die Bettkante und zog mich auf seinen Schoß, bettete meinen Kopf unter seinem Kinn und hielt mich fest. Seine Haut war warm, die Haare an meiner Wange kitzelten, dennoch drang sein Duft – waldig und männlich – in meine Nase.

„Es passt zu dir", antwortete er, während seine Hand über meine verwahrlosten Haare streichelte.

„Wie kannst du das sagen, wenn wir einander weniger als einen Tag kennen? So bin ich nicht. Ich erlaube normalerweise keinem Mann sich solche Freiheiten herauszunehmen, wie du es getan hast."

„Das hoffe ich doch", knurrte er, bevor er mit den Achseln zuckte. „Ich habe gehört, dass es manchmal so geschieht."

Mit einem Finger wischte ich über meine tränenverschmierte Wange und fragte: „Was passiert so?"

„Ich habe gehört, dass es sich so anfühlt, als würde man von einem Blitz getroffen, wenn man seine Gefährtin trifft. Als ich dich zum ersten Mal erblickt habe, war es so."

Ich dachte zurück an den ersten Blick, den ich an der Kutsche auf ihn erhascht hatte. Es war so gewesen, als wäre mir die Luft aus den Lungen geraubt worden. Aber seine Gefährtin? Er redete, als wären wir füreinander vorherbestimmt.

„Hast du es gespürt, Caro?"

Ich war an einen Mann, der seine Gefühle ausdrückte, nicht gewöhnt. Zumindest nicht ohne Wut und Gebrüll. Ich nickte. „Ja", flüsterte ich.

Er drückte mich an sich, als fürchtete er, ich könnte verschwinden.

„Es ist zu schnell", erzählte ich ihm schniefend. „Das... alles. Es sollte nicht so sein. *Du* solltest nicht so sein."

„Oh? Wie was?"

Ich schaute in den kargen Raum und überdachte, wie er mich bisher behandelt hatte. „Sanft. Rücksichtsvoll."

„Ich sollte der unzivilisierte Bandit sein und dich gegen deinen Willen nehmen?"

Die Vorstellung ließ meine Haut heiß, meinen Körper weich und meine Brustwarzen hart werden. „Ich bin nicht an nette Männer gewöhnt", gestand ich.

„Du meinst, du bist an grausame Männer gewöhnt", stellte er klar.

„Ja."

In einer fließenden Bewegung hob mich Finn von seinem Schoß und warf mich aufs Bett. „Auf deine Hände und Knie und halt dich an den Stangen des Kopfteils fest." Seine Stimme hatte sich verändert, sein Ton war streng, eine Oktave tiefer. Jede Spur des sanften Mannes, der mich gerade in den Armen gehalten hatte, war verschwunden.

„Finn, was machst du –"

„Tu, was ich sage, Caro."

Indem ich mich langsam umdrehte, nahm ich die Position ein, die er verlangt hatte, und umklammerte die kühlen Stangen. Über meine Schulter schauend, wartete ich darauf, was er als Nächstes vorhatte.

„Ich bin nicht immer sanft oder rücksichtsvoll. Ich kann grob sein. Tatsächlich mag ich es grob. Beug dich nach vorne und heb deinen Hintern in die Luft. Höher."

Als ich das tat, senkten sich meine Schultern und mein Hinterteil sowie zweifellos auch mein Schoß wurden komplett zur Schau gestellt.

„Die Männer, die du kanntest, waren grausam. Ich bin es nicht. Ich werde dich noch einmal nehmen, Caroline."

Er trat hinter mich, sein Schwanz ein weiteres Mal dick und lang, bereit, mich zu vögeln. Ich spannte meine inneren Wände voller Vorfreude an.

„Ich werde nicht nett sein. Oder sanft." Er streichelte mit einer Hand meinen Rücken nach unten, die Berührung sicher. Daraufhin packte er meine Hüfte und zog mich zurück, sodass ich seinen Schwanz an meiner schlüpfrigen Mitte fühlte. „Oder rücksichtsvoll."

Nach einem Moment, in dem sich sein Schwanz in die richtige Position geschoben hatte, glitt er mit einem schnellen Stoß tief in mich. Ich schrie wegen der Geschwindigkeit auf, der Überraschung, so tief gefüllt zu werden. Ich war leicht wund und meine inneren Wände dehnten sich, um seine schiere Größe aufzunehmen. Er zog sich zurück, rammte sich wieder in mich.

„Das, Caro, das ist nicht grausam." Sein Atem rauschte aus seinen Lungen, seine Worte kamen schwerfällig.

Ich schrie jedes Mal auf, wenn seine Hüften gegen meine klatschten, jedes Mal, wenn die stumpfe Spitze seines Schwanzes gegen meinen Schoß stieß. Ich war so feucht, so schlüpfrig von seinem vorherigen Samen, dass das Geräusch den Raum durchdrang. Haut klatschte auf Haut.

Finns große Hände wanderten von meinen Hüften, um meine Brüste zu umfangen. Seine Finger streichelten über meine Brustwarzen, zogen und zupften beinahe schmerzhaft an ihnen.

Die zusätzlichen Empfindungen veranlassten mich dazu, ihn von innen zu umklammern, als wollte mein Körper ihn tief in sich halten. Doch Finn wollte nichts davon wissen. Das war Finn, der Anspruch auf mich erhob. Er *nahm* mich.

„Das ist Vögeln, Caroline. Grob. Heiß. Verschwitzt."

Ja, ja das war es. Ich konnte spüren, wie sich mein Vergnügen aufbaute, als würde ich einen Berg besteigen und unbedingt den Gipfel erreichen wollen.

„Und bin ich rücksichtsvoll?" Er senkte sich so, dass seine Brust der Länge nach über meinen Rücken gebeugt und seine Stimme direkt neben meinem Ohr war.

„Nein", keuchte ich bei einem wilden Stoß.

„Bin ich nett?"

„Du... du tust mir nicht weh."

Seine Finger an meinen Brustwarzen zwickten zu. Grob. Und ich kam. Ich schrie. Der scharfe, beinahe schmerzhafte, Angriff auf meine Brustwarzen in Kombination mit seinem Schwanz, der über jede geheime Stelle tief in mir rieb und glitt, schafften mich. Ich wurde ohne Flügel von der Bergspitze geschleudert, fiel, fiel und war dennoch sicher in Finns Armen.

„Braves Mädchen. So ein braves Mädchen", lobte er, während ich in seinem Griff erschlaffte und meine verschwitzten Finger von den Stangen rutschten. „Lass nicht los, Baby."

Ich packte das Metall fester.

„Etwas Schmerz kann dir Vergnügen bringen, Caro. Und dennoch heißt das nicht, dass man grausam ist. Eine Grausamkeit wäre es, dir deinen Orgasmus zu verweigern. Du bist so hübsch, wenn du kommst. Willst du noch mal kommen?" Er knurrte den letzten Teil, während er fortfuhr, sich in meine Tiefen rein und raus zu stoßen.

Ich leckte über meine Lippen und schluckte gegen eine trockene Kehle an. Wie machte er das nur? Wie konnte er mich noch mal kommen lassen? Und noch mal? „Ja."

Indem er zwischen uns griff, rieb er mit einem Finger über diese Stelle. „Da ist deine Klit. Sie ist so hart. *Ich* werde so hart kommen. Ich will dich mit mir nehmen."

Er massierte diesen kleinen Knopf, meine Klit, während er mich fickte. Das war definitiv Ficken. Es war animalisch, schweißtreibend, grob, genau wie er gesagt hatte. Und ich liebte es.

Ich war zu empfindlich, zu bereit, noch einmal zu kommen, um auch nur in Erwägung zu ziehen, mich zurückzuhalten. Dieses Mal war der Orgasmus weicher, dennoch nicht weniger intensiv, und rollte wie Gewitterwolken durch mich nach diesem kurzen Ausbruch an Blitzen.

Finn kam ebenfalls. Dieses Mal wusste ich, was ich zu erwarten hatte. Ich spürte, wie sein Schwanz bei dem letzten Stoß unfassbar größer wurde, und er sich dann tief in mir hielt. Sein Samen, heiß und dick, füllte mich bis zum Überlaufen. Erneut.

Als er mich mit sich nach unten zog, glitten meine Finger von dem Bettgestänge, sodass wir wie zwei Löffel in einer Schublade dalagen, sein Schwanz nach wie vor tief in mir vergraben, nach wie vor als eins verbunden, während seine klebrige Essenz unsere Schenkel überzog.

„Da. Gefickt von einem Banditen."

Ich fühlte, dass Finn direkt im Anschluss an seine Worte

einschlief, denn sein Griff erschlaffte und seine Atmung an meinem Hals wurde regelmäßig.

Das... das war wow gewesen. Mein Körper kribbelte und pulsierte noch immer von seinen höchst aggressiven Zuwendungen. Das war nicht nur eine Eroberung gewesen, sondern eine Demonstration. Er hatte mir gezeigt, dass nicht alle Männer grausam waren. Das *er* nicht grausam war. Aber auch, dass er nicht immer nett und rücksichtsvoll war. Ich hatte mir immer einen Mann gewünscht, der das Gegenteil meines Vaters war. Zärtlich, sanftmütig, ruhig. Finn war nicht diese Sorte Mann. Überhaupt nicht. So wie er meinen Körper dominiert hatte mit sanften Liebkosungen und hartem Sex, hatte ich mich ihm bereitwillig unterworfen. Und wie es schien, war das für mich völlig in Ordnung.

8

INN

SPÄT AM NÄCHSTEN Morgen ritten wir zum Ranchhaus. Ich hatte Caroline so lange wie möglich schlafen lassen, bis ich es nicht mehr länger ausgehalten hatte. Ich war mit meiner üblichen Morgenlatte aufgewacht, aber zum ersten Mal hatte ich eine Frau, um meine Bedürfnisse zu befriedigen. Ich hatte Frauen in meiner Zeit gehabt, aber keine war jemals in meinem Bett gewesen. Caroline war die erste. Und letzte.

Ich zog die Decke von ihrem Körper, damit ich mich an ihr sattsehen konnte, während sie unwissend dalag. Ihre Brüste waren prall und voll im Vergleich zu ihrer schmalen Taille. Ich wollte meine Hand ausstrecken und sie umfangen, ihre Weichheit in meinen Händen fühlen. Die Locken zwischen ihren Schenkeln, so seidig weich und hell, würden weichen müssen. Ich wollte nur ihre glatte Haut an meiner Zunge fühlen, was meine Bemühungen für sie nur noch

Der Bandit

intensiver machen würde. Getrockneter Samen benetzte ihre Schenkel, leicht rötlich von ihrem jungfräulichen Blut. Ich hatte etwas von der Mischung weggewischt, aber mein Erguss war reichlich gewesen. Es stand außer Frage, dass sich ihr Bauch noch vor dem Herbst mit meinem Kind runden würde.

Sie war die pure Versuchung und ich war schwach, wenn es darum ging, meine Bedürfnisse zu stillen. Ich wollte das Glas Gleitmittel aus dem Regal holen und damit anfangen, ihren Hintern für meinen Schwanz zu trainieren, doch nicht jetzt. Später definitiv. Mein Schwanz hatte andere Pläne. Daher rollte ich sie auf mich, verschob ihre Beine so, dass sie zu beiden Seiten von mir ruhten, und glitt in sie. Sie wachte auf, als ich mich tief in ihr vergrub.

„Reite mich, Caroline", befahl ich, meine Stimme rau von Schlaf und Verlangen.

„Ich... ich weiß nicht wie", flüsterte sie.

Ich half ihr, sich aufzusetzen, und hielt ihre Taille fest, womit ich sie hochhob und auf meinen Schwanz senkte. Unterdessen sah ich mich an ihren üppigen Kurven satt. „Ich werde es dir zeigen", versprach ich. Und das tat ich.

Drei Stunden später wollte ich sie erneut. Es war eine Qual, sie während des Rittes zurück zur Ranch auf meinem Schoß sitzen zu haben, ihren Hintern direkt über meinem Schwanz. Was auch immer an Arbeit erledigt werden musste, könnte warten. Mein Verlangen nach meiner Frau konnte nicht warten. Ich wollte sie über die Türschwelle tragen und hinauf in unser Schlafzimmer und sie eine Woche lang mit mir darin einsperren. Bis dahin wäre ich doch sicherlich befriedigt.

Meecham, der auf meiner Verandatreppe stand, kühlte meine Leidenschaft merklich ab. Er trug einen schwarzen Anzug, noch sauber und schick, aber sein lichter werdender

Kopf und Hängebacken waren aufgrund der Sonne feucht von Schweiß. Der dünne Schnurrbart über seiner Lippe half nicht dabei, sein Milchgesicht älter zu machen; das war die einzige Gesichtsbehaarung, die er sich wachsen lassen konnte.

„Lässt du die Bank etwa unbeaufsichtigt, Junior?", fragte ich. Er hasste es, so genannt zu werden, eine ständige Erinnerung daran, dass er nicht sein eigener Mann war, sondern der Sohn seines Vaters.

Seine dünnen Lippen schürzten sich, was sie verschwinden ließ. Er wischte sich mit einem Taschentuch über seine Stirn, aber ließ seinen Blick auf Caroline ruhen. Das war das erste Mal, dass er sie sah und ihm war gewiss klar, was er verloren hatte. „Stevens wird dich ins Gefängnis werfen."

Ich senkte Caroline auf den Boden und schwang mich anschließend ebenfalls aus dem Sattel. Ich legte eine Hand auf ihre Schulter, um sie in meiner Nähe zu behalten, aber sie schien meine Seite ohnehin nicht verlassen zu wollen, was für mich in Ordnung war. „Oh, weshalb?"

Meecham trat von der Veranda und näherte sich uns. „Entführung, gesetzeswidrige Inhaftierung. Vergewaltigung."

Ich war ruhig, bis er das Wort Vergewaltigung aussprach. „Habe ich mich dir aufgezwungen, Caroline?"

Ihre Haare waren wieder zu einem schlichten, ordentlichen Dutt in ihrem Nacken frisiert, alle Locken perfekt in Reih und Glied. Sie trug ihr hellblaues Kleid, das ich vor unserem einfachen Frühstück in der Hütte aus dem Versteck gezogen hatte. Das war alles. Ihr Unterkleid war zerrissen und nicht mehr zu gebrauchen. Ich hatte ihr ihr Höschen und Korsett verwehrt. Ersteres war verboten, damit ich leichten Zugriff auf sie hatte, Letzteres, weil es zu einschränkend und einengend war. Vielleicht lag es an ihren steifen Nippeln, die sich gegen ihr Kleid drängten, dass Meecham mit lächerlichen Anschuldigungen um sich warf. Das ließ mich das Korsettverbot überdenken. Ich wollte nicht, dass irgendein Mann sah, wie ihre Nippel reagierten. Auf mich.

„Nein", antwortete sie leise, dann wiederholte sie es, nur lauter.

Frank, einer meiner Rancharbeiter, näherte sich. „Brauchst du Hilfe, Boss?"

Meine Männern waren nicht nur meine Angestellten, sondern auch Freunde. Im Grunde genommen Familie. Zweifellos hatten alle Männer Meecham hierher reiten sehen. Ich konnte mir seine Schimpftirade von gestern nur ausmalen, als er hergekommen war. Ob er die Nacht irgendwo verbracht hatte – ich würde dem Mann durchaus zutrauen, einfach ein Gästezimmer für sich zu beanspruchen – oder ob er heute Morgen wieder von der Stadt hierher geritten war, wusste ich nicht.

„Kümmere dich einfach um das Pferd. Ich kann mich Junior annehmen."

„Kein Problem", erwiderte Frank.

„Lass mich dir meine Ehefrau, Caroline, vorstellen."

„Ehefrau!", brüllte Meecham.

Frank trat einen Schritt auf den Mistkerl zu.

„Ich habe alles unter Kontrolle, Frank. Danke."

Der Mann führte das Pferd weg, aber ich hegte keinerlei Zweifel daran, dass er jemanden zurückschicken würde, der ein Auge auf Meecham werfen sollte.

„Was die Entführung angeht", fuhr ich fort, als hätte Meecham nicht gerade herumgebrüllt, „ich war zu aufgeregt, sie zu sehen, um eine Minute länger zu warten, weshalb ich die Kutsche stoppte. McCallister hatte nichts dagegen."

„Du kannst nicht mit ihr verheiratet sein." Spucke flog durch die Luft und der Tonfall des Mannes brachte Caroline dazu, hinter mir in Deckung zu gehen.

„Das kann ich. Zufälligerweise bin ich Stevens gestern über den Weg gelaufen und er hat die Zeremonie vollzogen."

Er musste die Wahrheit auf meinem Gesicht gesehen oder in meiner Stimme gehört haben, denn sein Gesicht nahm ein fleckiges Rot an und ich fürchtete um seine Gesundheit. Seine Taille war aufgrund von Völlerei ziemlich breit. Essen, Alkohol und Frauen führten zu einem erbärmlichen Wohlbefinden.

Er näherte sich mit ausgestrecktem Finger und ich schob Caroline ganz hinter mich. Ich hörte Schritte und wusste, dass sich uns einige meiner Männer angeschlossen hatten, aber zurückhielten.

„Es war sein Geld. Du wolltest alles haben. Du willst nicht *sie*", nuschelte er. „Du würdest jede dahergelaufene Schlampe nehmen, wenn sie ein Erbe vorzuweisen hat."

Ich hörte Caroline keuchen, aber sie sagte nichts.

„Verschwinde von meinem Grundstück, Junior. Hier gibt es nichts, das dir gehört. Hat es auch nie gegeben. Du magst nicht in der Lage sein, mir ein Verbrechen unterzuschieben, aber ich werde nicht zögern, dich wegen widerrechtlichen Betretens meines Grundstücks anzuzeigen. Männer, seht zu, dass Junior zurück in die Stadt geht. Ich muss mich um meine Frau kümmern."

Mich umdrehend, nahm ich Carolines Hand und führte sie nach drinnen, wobei ich einen Bogen um Meecham machte. Aus dem Augenwinkel sah ich zwei meiner Männer jeweils einen Arm des Mannes nehmen und ihn zu den

Ställen schleifen. Laufen würde zu lange dauern, um den Mistkerl loszuwerden. Es wurden zweifelsohne bereits Pferde für den Ritt bereitgemacht.

Die Luft im Haus war kühler, da die Sonne noch nicht zur Vorderseite des Hauses herumgekommen war. Meine Haushälterin begegnete uns an der Tür.

„Der Mann hat die Nacht hier verbracht. Ist einfach reinmarschiert, nachdem er auf Sie gewartet hatte, und hat sich ein Zimmer ausgesucht", schimpfte Mrs. Campbell. Sie war in ihren Fünfzigern, eine rundliche Frau, die mit ihren Gefühlen nicht hinter dem Berg hielt. „Ich ließ Frank die Nacht hier bei mir im Haus verbringen. Ich traue Mr. Meecham nicht über den Weg." Sie tat ihre Abneigung schnaubend kund.

Ich stellte die Frauen einander vor. „Mrs. Campbell, das ist meine Frau."

Die Frau war zuerst überrascht, lächelte Caroline aber breit an. „Was sind Sie doch für ein hübsches kleines Ding."

Caroline erwiderte ihr Lächeln bloß, vermutlich wusste sie nicht, wie sie darauf antworten sollte.

„Ich weiß, dass normalerweise Donnerstag der Tag ist, an dem Sie in die Stadt gehen, um Vorräte zu besorgen, aber wäre es vielleicht möglich, dass Sie stattdessen heute den Weg auf sich nehmen? Caroline kam gestern mit der Postkutsche, wurde aber von ihrer Reisetasche getrennt. Sie besitzt keine anderen Kleider als die, die sie am Leib trägt. Abgesehen davon, die Tasche zu holen – höchstwahrscheinlich hat Stevens sie – könnten Sie auch zum Warenladen gehen und einige Dinge auswählen, die sie brauchen könnte?"

Die ältere Frau nickte, die Augen voller Verständnis. „Selbstverständlich. Sie Arme. Das Leben auf einer Ranch kann für eine Frau schwer sein, vor allem ohne ihre persönlichen Gegenstände. Ich werde Sie im Nu ausstaffieren. Wenn es für Sie in Ordnung ist, würde ich die Nacht eventuell bei meiner Schwester in der Stadt verbringen, während die Vorräte mit den Männern zurückgeschickt werden."

Das war einer der vielen Gründe, warum ich die Frau liebte, ihr Verständnis dessen, was ich brauchte, bevor ich auch nur danach fragte. Dieses Mal war es Privatsphäre. Sie behandelte mich wie einen Sohn, obwohl sie selbst vier erwachsene Söhne hatte.

„Ich bin mir sicher, Ihre Schwester wird über den ausgedehnten Besuch erfreut sein." Sie sahen einander jede Woche, allerdings nur selten über Nacht.

Sie griff hinter sich und knotete die Schürze um ihre üppige Taille auf, während sie Caroline anlächelte. „Lassen Sie mich meinen Hut holen und dann werde ich einen der Männer aufspüren."

Ich war erleichtert, dass sie keine weiteren Fragen stellte. Sie hatte sicherlich eine ganze Menge, da ich die Ranch gestern verlassen hatte und heute mit einer Frau im Schlepptau zurückkehrte. Anhand ihrer Musterung von uns erkannte sie meine fehlende Geduld und blieb nicht länger für müßiges Geplauder. Meecham hatte uns wertvolle Zeit gekostet, in der ich allein mit meiner neuen Frau hätte sein können.

„Lassen Sie die Männer mit Meecham vorausgehen. Sie sollten sich zu keiner Zeit in seiner Nähe aufhalten. Seien Sie vorsichtig in der Stadt", warnte ich sie.

Sie schnitt eine Grimasse. „Ich werde mich von seinesgleichen fernhalten. Ich werde die Bettwäsche, auf der er geschlafen hat, verbrennen müssen." Sie zog sich in Richtung Küche zurück, wobei sie über Meecham vor sich hin murrte. Ich rieb mir mit der Hand übers Gesicht. Eine Rasur war längst überfällig, aber die konnte warten. Alles konnte warten. Ich ergriff meine Gelegenheit, um Caroline die Treppe hochzuziehen, bevor uns noch jemand oder etwas anderes auflauern konnte.

„Was meinte Mr. Meecham, als er behauptete, du hättest mich wegen des Erbes geheiratet?"

Während ich die Knöpfe an der Vorderseite ihres Kleides öffnete, befragte mich meine Frau. Wir waren in meinem – unserem – Schlafzimmer, die Tür geschlossen und Sonnenlicht strömte durch die zwei großen Fenster. Sie waren für die frische Luft geöffnet und die schlichten Vorhänge wehten in der leichten Brise. Das Geräusch von Pferden drang aus der Ferne zu uns, was hoffentlich Meechams Abreise bedeutete.

„Sein Vater hatte anscheinend kein Testament, was bedeutet, dass du als seine Frau geerbt hast."

Ich wollte ihr nicht verraten, dass sie jetzt die Eigentümerin des riesigen Hauses des Mannes am westlichen Stadtrand war, sowie der Bank und eines großen Anteils an einer Silbermine in Virginia City. Momentan spielte das keine Rolle. Das Einzige, das zählte, war, sie auszuziehen.

„Mr. Meecham Junior hat nicht geerbt?"

Ich schob das Kleid von ihren Schultern und zog es von einem Arm, dann dem anderen. „Sowie du per Stellvertreter verheiratet wurdest, warst du rechtlich gesehen seine Ehefrau, weshalb das Erbe an dich ging an Stelle von Junior."

„Deswegen ist er sauer?"

Das Kleid verfing sich an ihren Hüften, aber von der Taille aufwärts war sie nackt. Ich umfing ihre Brüste mit meinen Händen. Sie seufzte, als ich mit meinen Daumen über ihre prallen Nippel strich. Es war ein Vergnügen, dabei zuzuschauen, wie sie hart wurden.

„Junior allein ist kein wohlhabender Mann. Er lebt allein vom Geld seines Vaters. Ich bezweifle, dass Meecham Senior dachte, er würde tot umfallen, und hat daher keine Vorkehrungen für seinen Sohn getroffen. Du hast Junior gesehen. Er ist kein Junge, sondern ein erwachsener Mann. Er hatte die Gelegenheit, etwas aus sich zu machen, aber er wählte stattdessen den einfachen Weg. Den faulen Weg. Jetzt hat er nichts."

„Nicht einmal mich." Caroline öffnete die Knöpfe meines Hemdes und hatte sie bereits fast alle aufgeknöpft.

Ich zupfte an ihren Nippeln, was sie dazu brachte, scharf Luft zu holen und meinem Blick zu begegnen, genau wie ich es gewollt hatte. *Vor allem* dich", knurrte ich. „Genug von Meecham."

„Aber er ist so wütend", wandte sie ein.

„Caroline", rügte ich sie. „Ich will nicht über Meecham reden, wenn ich deine Brüste in meinen Händen habe. Wenn du weiterhin unpassende Bemerkungen machst, werde ich denken, du bist ein böses Mädchen."

Sie trat zurück, doch ich ließ es nicht zu und trat nach vorne, damit keine Distanz zwischen uns entstand und meine Hände nach wie vor auf ihrem reizenden Körper ruhten. Ihre Augen weiteten sich bei meinen Worten. „Böse?", flüsterte sie. „Was meinst du?"

Es war an der Zeit, zu untermauern, was ich ihr bereits beigebracht hatte. Ich würde nicht grausam sein. Ich würde sie nicht schlagen. Ich war vertrauenswürdig. „Bist du ein böses Mädchen, Caroline?"

Sie erbleichte. Ich brachte sie an ihre Grenzen, aber es musste getan werden.

„Was... was würdest du mit mir tun, wenn ich es wäre?"

Ich grinste. „Zuerst würde ich dich einfangen müssen. Dann würde ich dich vermutlich über die nächste harte Oberfläche beugen, dein Kleid hochheben und dir den Hintern versohlen. Ich würde deine Pussy überprüfen und nachschauen, ob dich das feucht gemacht hat – ich wette, das würde es – und dann würde ich dich vögeln."

Die Farbe kehrte bei der Grobheit meiner Worte in ihre Wangen zurück, aber sie war nicht beleidigt. Berührt von ihnen, definitiv. Ihre Pupillen weiteten sich und das Blau ihrer Augen verschwand praktisch. An ihrem Hals konnte ich ihren Puls gegen die zarte Haut pochen sehen. Ihre Nippel waren so hart, dass ich darauf wetten würde, dass sie schmerzten.

Ich grinste sie an, um sie wissen zu lassen, dass ich es zwar ernst damit meinte, ihren Hintern zu versohlen, wenn sie wirklich ein böses Mädchen war, ich jedoch nur spielte – und dass auf eine Bestrafung stets Vergnügen folgte.

„Oh", flüsterte sie, während sie mich eindringlich musterte.

„Bist du ein böses Mädchen, Caro?", fragte ich und streifte mein Hemd ab.

„Ja. Ja, ich denke, das bin ich." Ein kleines Lächeln formte sich auf ihren Lippen.

Ich trat einen Schritt zurück und verschaffte ihr so Zugang zur Tür. „Dann rennst du besser los."

9

Ich packte die Vorderseite meines Kleides, hob den Saum vom Boden und rannte los. Dieses Mal stürzte ich davon und Finn ließ mich gehen. Er *wollte*, dass ich entkam. Ich kannte das Haus kein bisschen, nur den Weg von der Eingangstür zu Finns Schlafzimmer. Das Haus war groß, die Größe einer Villa in Minneapolis. Es musste mindestens zehn Zimmer haben, wenn nicht sogar mehr, was mehr als reichlich für einen Junggesellen war. Indem ich nach rechts abbog, nahm ich den Flur zur Treppe und machte mich vorsichtig auf den Weg nach unten, darauf bedacht, in meiner Eile nicht zu stolpern. Ich hörte keine Schritte hinter mir.

Am Fuß der Treppe hielt ich inne, sah nach links und rechts und schnappte nach Luft. Mein Herz hämmerte, da ich wusste, wenn ich zu lange stillstand, würde mich Finn finden. Es war tatsächlich ziemlich aufregend, zu wissen, dass er mich jagte, denn ich wusste, wenn er mich fand, würde er mir nicht wehtun, sondern mir nur Vergnügen bereiten. Ich lachte vor mich hin, als ich zum ersten Mal den vergessenen Zustand meines Kleides bemerkte. Meine Brüste waren entblößt und ich sah, dass die Spitzen wieder weich waren, wenn auch röter, weil Finns Finger daran gezogen hatten. Ich hörte über meinem Kopf die Dielenbretter knarzen, weshalb ich kehrtmachte und floh.

Als Finn gesagt hatte, ich sei ein böses Mädchen, war mir zuerst das Blut in den Adern gefroren. Sorge hatte mich dazu veranlasst, mich auf die Fußballen zu heben, bereit, entweder zu fliehen oder zu kämpfen. Ich stellte mir Blutergüsse vor, die ich unter langen Ärmeln und hohen Krägen verstecken konnte, steife und wunde Muskeln, was tagelang anhalten würden. Doch seine Reaktion hatte mich das vergessen lassen und meine Gedanken hatten sich sinnlicheren Dingen zugewandt. Er würde mich auf dem Küchentisch nehmen? Er wollte mich so sehr, dass er... was tun konnte? Mich nehmen, wie er wollte? Als ich sein fröhliches Grinsen und das verspielte Glitzern in seinen Augen gesehen hatte, hatte ich gewusst, dass er Interesse an einer Jagd hatte.

Ich bog in eine Wohnstube mit bequemen Sitzgelegenheiten, die zum Steinkamin ausgerichtet waren, der so groß war, dass er den Großteil der Wand einnahm. Zwei Fenster erhellten den Raum von beiden Seiten. Indem ich in die Hocke ging, versteckte ich mich hinter einem der großen Sessel, wo ich Finn vor meinem geistigen Auge sehen konnte, wie er in einer dunklen, kalten Nacht bei einem knisternden Feuer las. Ich hörte keinen Laut mit Ausnahme des lauten Tickens einer Uhr auf dem Kaminsims und meines Herzschlags.

„Du musst wirklich an deinen Versteckfähigkeiten arbeiten."

Ich kreischte überrascht auf, als Finn über mir aufragte, die Hände in die Hüften gestemmt. Von meiner Position in der Nähe des Bodens wirkte er sogar noch größer und stattlicher.

„Du musst bedenken, wer dich jagt und warum. Dein Kleid ist wie ein Signalfeuer, leicht zu sehen und ziemlich schwer zu verstecken."

Der lange Saum hatte sich um das Sesselbein gewickelt, was man mühelos quer durch den Raum sehen konnte. Finn ging neben mir in die Hocke. Seine langen Beine knickten ein, seine kräftigen Oberschenkelmuskeln waren durch den straff gespannten Stoff seiner Hose bemerkbar. Er grinste verschmitzt, ziemlich zufrieden mit sich.

„Tja, nun ich denke, ich habe dich in der Falle."

Ich erhob mich und machte einen Schritt, um wieder davonzurennen, doch sein Arm schnellte nach oben, legte sich um meine Taille und zog mich zurück und gegen sich. Ich konnte die Wärme seiner Brust an meinem bloßen Rücken fühlen sowie seinen steten Herzschlag.

„Nun das gefällt mir", sagte er, während sein Atem über meinen Hals wehte. Seine Hand umfing meinen Busen. „Kein bisschen Sittsamkeit mehr übrig, rennt unbekleidet durch das Haus. Vielleicht werde ich meine kleine Gefangene nackt umherlaufen lassen."

Er stand auf und hob mich so hoch, dass meine Füße den Boden nicht berührten; er war so viel größer als ich. Sich umdrehend, beugte er mich über den Sessel, wobei die gepolsterte Rückenlehne gegen meinen Bauch drückte und meine Füße den Boden nicht berührten. Bevor ich seine nächste Handlung auch nur erahnen konnte, zog er mein Kleid nach unten und über meine Hüften. Die wenigen

Knöpfe, die es noch zusammengehalten hatten, rissen ab und schlitterten über den Holzboden. Ich war nackt. Eine große Handfläche fuhr über die Höcker meiner Wirbelsäule und legte sich auf die Kurve meines Pos.

Klatsch.

Ein Ruck durchfuhr meinen Körper bei dem Kontakt, denn seine Hand schlug mich auf eine Weise, die brannte, aber nicht wehtat.

„Bösen Mädchen wird der Hintern versohlt, Baby." Als Nächstes schlug er die andere Seite und die Stelle erhitzte sich in Reaktion darauf.

„Ich bin ein braves Mädchen!", protestierte ich, während er einen Schlag nach dem anderen auf meinen Po prasseln ließ.

„Ach? Lass mal sehen." Mit seinem Fuß stupste er meine Füße auseinander, sodass er alles von mir sehen konnte. Ein Finger tauchte zwischen sie und fuhr über meine Falten, meine Schenkel. „Mmmh, tropfnass. Mein Samen ist überall." Er glitt in mich. „Zeit, dich wieder zu füllen."

„Oh ja", seufzte ich und erschlaffte auf der Rücklehne des Sessels. Dieser eine Finger fühlte sich so gut an, dass meine inneren Wände ihn umklammerten.

„So gierig. Deine Pussy ist sehr, sehr gierig. Brauchst du meinen Schwanz?"

Ich nickte und wackelte mit den Hüften, um ihn tiefer aufzunehmen.

Klatsch.

„Böses Mädchen. Du nimmst, was ich dir gebe." Ich hielt still, während er mich mit diesem einzelnen Finger neckte. „Du magst es grob. Dir gefällt es, wenn dir der Hintern versohlt wird. Ich denke, dir wird auch das hier gefallen."

Während er sich aufrichtete, zog er seinen Finger aus mir und ich stöhnte, denn ich fühlte mich leer und meine

Mitte zog sich um... nichts zusammen. Anstatt seine Hand ganz zu entfernen, ließ er sie höher gleiten, sodass sein Finger gegen meinen Hintereingang stieß. Ich ruckte gegen seine Hand auf meinem Rücken. „Finn!", schrie ich. „Was machst du... oh, du solltest nicht."

Er berührte mich absichtlich dort, an meiner dunkelsten Stelle. Seine Hand verlagerte sich so, dass sich seine Handfläche auf die obere Wölbung meines Hinterteils legte und sein Finger von seinem Daumen ersetzt wurde. Seine andere Hand spreizte meine Pobacken.

„Ja, das sollte ich. Ich werde dich hier vögeln. Ich werde deinen Hintern vögeln und du wirst es lieben."

„Nein." Ich schüttelte den Kopf. „Das kannst du unmöglich tun. Du würdest nicht passen." Meine Handflächen pressten auf die gepolsterte Sitzfläche in der Nähe meines Kopfes.

„Das hast du auch gesagt, als es darum ging, deine hübsche Pussy zu füllen, und mein Schwanz passt, oder nicht?"

Die Empfindung seines Daumens, der Kreise beschrieb und leicht in mich drückte, ließ mich zusammenzucken, dennoch wollte ich zur gleichen Zeit meine Hüften bewegen. Es fühlte sich merkwürdig an. Eigenartig. Fremd. Ungewöhnlich. Fantastisch. Ich verkrampfte mich, was nur dazu führte, dass sich meine Pussy leer und bedürftig anfühlte.

„Ich werde dich jetzt nicht hier nehmen. Nicht bis ich dich zur Vorbereitung weit genug gedehnt habe. Magst du das Gefühl meines Daumens, Baby? Du musst nicht antworten, ich kann sehen, dass es dir gefällt."

„Das ist falsch", entgegnete ich, dann stöhnte ich, als er etwas weiter in mich drang. Mein Körper spannte sich an, um ihn abzuwehren.

„Oh nein, das ist so richtig." Sein Daumen kreiste

immer weiter und weiter, fast schon auf eine hypnotische Weise. Finn war zärtlich in Anbetracht dessen, was er gerade mit mir machte, und erlaubte mir, mich zu entspannen – so gut ich eben konnte – und zu wissen, dass er sanft sein würde. Mein Atem entwich mir als abgehacktes Keuchen, die Luft war warm, meine Haut heiß. Und so sank ich in den Sessel, sank in die neuen Empfindungen, die er meinem Körper entrang. Genau in dem Moment, als ich den Kampf aufgab und sein Daumen in mich drang, schoben sich zwei Finger seiner anderen Hand in meine Pussy. Ich kam. Es war so unerwartet, die Kombination, beide Löcher gefüllt zu haben, und die leicht schmerzhafte Empfindung seines in mir eingebetteten Daumens, brachte mich zum Schreien.

„Finn, oh ja!"

Er stimulierte mich, vögelte mich mit seinen Fingern und Daumen, während mich die Wonne wie eine Flutwelle überschwemmte.

Während ich mich erholte, zog er seine Finger aus mir, aber ließ seinen Daumen in mir, den er ruhig hielt. Sich nach vorne beugend, küsste er meinen feuchten Nacken. „Rühr dich nicht vom Fleck", murmelte er.

Urplötzlich war seine Körperhitze verschwunden und sein Daumen wurde aus mir gezogen. Da dieses empfindliche Gewebe erwacht war, schrie ich ein weiteres Mal auf. Ich konnte mich nicht bewegen, selbst wenn ich gewollt hätte. Er hatte mich wie einen nassen Lappen ausgewrungen, sodass ich jetzt schlaff und erschöpft war. Es waren ohnehin nur wenige Sekunden, die er fort war. Ich hörte das Geräusch eines Deckels, der geöffnet wurde, wie bei einem Marmeladenglas, Blech auf Glas. Ich konnte mich nicht weit genug nach oben stemmen, um über die hohe Rückenlehne des Sessels zu spähen. Finn lehnte sich wieder an mich und hielt etwas in die Nähe meines Gesichtes. „Weißt du, was das ist?", wollte er wissen.

Ich blickte das kleine Objekt mit gerunzelter Stirn an. „Es ist... es ist ein Sockenstopfer."

„Braves Mädchen." Er zog seine Hand weg und hielt sie dann wieder neben mich, wobei er mehrere von ihnen in der Hand hielt. Sie waren aus Holz gefertigt, jedes mit einem langen schmalen Griff und einer breiten Spitze, die in den Zeh einer Socke gehörte und es ermöglichte ein Loch mit Nadel und Faden zu reparieren. Aber ich war nackt und lag über der Rückenlehne eines Sessels ausgestreckt, der Daumen meines Ehemannes war gerade in mir gewesen. Ich hatte so das Gefühl, dass er jetzt keine Socken stopfen wollte.

„Die waren in Mrs. Campbells Nähkorb. Ich habe sie für einen anderen Zweck konfisziert. Ich denke, sie werden sich recht gut dafür eignen, deinen Hintern zu trainieren. Siehst du, drei verschiedene Größen."

Ich schluckte. „Finn, die sind sehr groß."

„Keiner ist so groß wie mein Schwanz. Siehst du, der hier, der Kleinste, den werde ich zuerst verwenden und dann werden wir uns zum Größten vorarbeiten."

„Jetzt gleich?" Der Größte war furchterregend. Sein Daumen hatte sich bereits gigantisch angefühlt, dass ich keine Ahnung hatte, wie ich etwas von dieser Größe... dort aufnehmen sollte, auch wenn der Umfang wirklich kleiner war als Finn. Was meine Gedanken zu Finns Schwanz lenkte. Er würde bestimmt niemals passen.

Er ließ den größeren der Sockenstopfer auf den Polstersitz fallen, während er den kleinen in der Hand behielt. „Fürs Erste nur dieser hier." Er richtete sich auf und nur einen Moment später spürte ich etwas Kaltes an meinem Hintereingang. „Nur mein Daumen, Baby. Er ist mit einem glitschigen Gleitmittel eingeschmiert, damit er ganz leicht reinrutscht."

Er bearbeitete mich dort noch etwas weiter, indem er mich mit der schmierigen Substanz einrieb, welche seinen Daumen mit Leichtigkeit über mich gleiten ließ. Ab und zu verschwand sein Daumen, nur um anschließend überzogen von einer zusätzlichen Portion der kalten Substanz zurückzukehren und sich dann ganz zurückzuziehen.

„Das mag zwar ein Sockenstopfer sein, aber er gibt einen hübschen Analplug ab. Entspann dich, Caro. Ich habe keine Eile. Entspann dich einfach und lass ihn rein."

Das harte Objekt, viel größer und fordernder als Finns Daumen, war an meinem Hintern. Finn drückte es langsam gegen den Muskelring und zog es wieder zurück. Er ließ sich Zeit, als wolle er meinem Körper ein Gefühl des Wohlbehagens vermitteln, denn nach einigen Minuten glitt die breite Spitze des Objekts tatsächlich in mich. Wegen der breiten Spitze dehnte es mich weit, nur um dann schmaler zu werden und mir zu erlauben, mich fast vollständig darum zu schließen. Da Finn seine Finger um den Griff gelassen hatte, konnte er es so bewegen, dass es gut saß.

Ich ächzte wegen des Gefühls, so gefüllt zu sein. Vorher war es nur seine Daumenspitze gewesen und ich hatte mich nur geöffnet und sehr entblößt gefühlt. Jetzt. Oh meine Güte. Jetzt fühlte ich das und mehr.

„Oh Baby, du bist so ein braves Mädchen. Es ist so hübsch, deinen Hintern so gefüllt zu sehen. Hol tief Luft. Entspann dich", summte er, während seine freie Hand meinen Rücken liebkoste.

Meine Hände waren fest zu Fäusten geballt und ich bemühte mich, sie zu entspannen, meinen ganzen Körper zu entspannen, doch mein Po wollte sich nur um das Objekt verkrampfen und versuchen, es auszustoßen.

„Es ist zu viel Finn", keuchte ich.

Anstatt es aus mir zu ziehen, hob er mich sachte hoch, sodass ich stand. Er hielt mich sicher fest, während ich mich daran gewöhnte, wieder aufrecht zu sein. Indem ich hinter mich griff, wollte ich das Objekt aus mir entfernen, dessen Griff ich zwischen meinen Pobacken hervorragen spürte.

Finn stoppte meine Bewegungen. „Lass es", murmelte er. Er führte mich um den Sessel herum zu dessen Vorderseite – sogar diese wenigen Schritte zu laufen, war komisch – setzte sich hin und zog mich auf seinen Schoß, sodass ich ihm zugewandt war, meine Knie zu beiden Seiten seiner Hüften und seine Beine gespreizt waren. Seine Augen waren so grün, so faszinierend. „Das stellt mich zufrieden."

„Ich dachte, ich sei ein braves Mädchen", schmollte ich.

„Das ist keine Bestrafung. Das ist Vergnügen."

Ich biss auf meine Lippe, während ich mich verspannte. „Es fühlt sich nicht wie Vergnügen an", wandte ich ein.

„Dann wird sich das ändern. Leg deine Hände auf meine Schultern."

Das tat ich.

„Bequem?", fragte er, eine Augenbraue fragend nach oben gezogen. Ich nickte.

„Ich werde den Griff packen, ja genau so und den Plug bewegen, während ich meine andere Hand für deine Pussy und Klit verwende. Genau. So."

Seine Hände bewegten sich, wie er es angekündigt hatte. Meine Augen weiteten sich und begegneten überrascht seinen.

„Du wirst noch einmal kommen, Caro. Du wirst kommen, während ich deinen Hintern mit dem Plug vögle und ich deine Pussy mit meinen Fingern vögle."

Meine Augen klappten zu, während ich mich auf seinem Schoß wand. Ich konnte einfach nicht anders. Ich konnte nichts anderes tun, als mich dem hinzugeben. Er murmelte lustvolle Worte, während er sich nach vorne beugte und an einer Brustwarze nuckelte, dann der anderen. Die Empfindungen, die er in meinem ganzen Körper auslöste, waren zu viel und ich schluchzte wegen des intensiven Gefühls.

Ich war verloren, Finns Gemurmel schwebte über mir. *So wunderschön. Ich liebe es, mit deinem Hintern zu spielen. Ich kann es nicht erwarten, dich um meinen Schwanz zucken zu spüren. Es wird so gut sein. Du bist so ein braves Mädchen. Du wirst so heftig kommen.*

Er hatte recht. Das tat ich. Ich konnte es nicht mehr ertragen. Vielleicht lag das daran, dass mein Körper von dem letzten Orgasmus, den er mir verschafft hatte, besonders empfindlich war oder vielleicht lag es auch daran, dass dies das dunkelste, fantastischste Gefühl aller Zeiten war. Wie auch immer, mein Körper zersplitterte, zerfiel in Stücke und Finn war da, um mich aufzufangen. Ich brach auf ihm zusammen. Meine verschwitzte Haut presste sich auf seine Brust, mein Kopf ruhte unter seinem Kinn. Obwohl er seine Hand von meiner Pussy gezogen hatte und damit über meinen Rücken streichelte, bewegte er den Plug tief in mir. Langsam, träge. Befriedigt wie ich war, konnte ich keine Einwände erheben, konnte nichts tun, um zu verhindern, dass der Mann meinen Körper benutzte, wie er es wünschte.

10

INN

Zwei Orgasmen hintereinander hatten dafür gesorgt, dass Caroline schläfrig und befriedigt auf meinem Schoß saß. Sie hatte wunderbar darauf reagiert, ihren Hintern gefüllt zu haben. Tatsächlich hatte sie nichts dagegen, dass ich weiterhin mit dem Objekt spielte, das fest in ihr saß. Ich bewegte es nicht stark, nur ein kleines bisschen, damit sie sich seiner Anwesenheit bewusst blieb und sich ihr Körper daran gewöhnte, dort etwas in sich zu haben. Wenn ihr Hintern erst einmal so trainiert war, dass sie das größte Objekt mühelos aufnehmen konnte, dann würde ich sie nehmen. Und das oft. Wenn man ihren letzten Orgasmus als Beispiel nahm, dann würde sie es lieben.

Caroline murmelte etwas an meinem Hals. Ihr schweißfeuchter Körper passte so gut an meinen. Sehr vorsichtig zog ich den Sockenstopfer aus ihrem Hintern. Sie keuchte, dann entspannte sie sich. Ich hatte beabsichtigt, die unterschiedlich großen Sockenstopfer an meiner Ehefrau einzusetzen, seit ich sie zum ersten Mal in Mrs. Campbells Nähkorb gesehen hatte. Die Vorstellung, sie zu benutzen, um meine zukünftige Frau darauf zu trainieren, Analsex zu lieben, hatte mir während der langen Winternächte reichlich Stoff für Fantasien beschert. Jetzt, mit Caroline als meiner Frau, waren sie Realität geworden und die Objekte funktionierten bemerkenswert gut. Ich würde ganz gewiss Ersatz für die Haushälterin kaufen müssen.

„Kannst du meinen Schwanz spüren, Caroline?", murmelte ich und küsste sie auf den Kopf.

Sie nickte und ihre Haare kitzelten mein Kinn. Nach der Jagd und weil sie über die Rückenlehne des Sessels geworfen worden war, hatten sich ihre Haare aus einigen der Nadeln gelöst. Da sie die ganze Zeit so prüde und perfekt war, war es eine Freude, sie zu derangieren.

„Mit deinem Hintern zu spielen, hat mich hart gemacht." Ich gluckste. „Allein in deiner Nähe zu sein, macht mich hart. Dein Duft ist verführerisch. Du riechst wie Blumen und Sex."

Indem sie ihren Kopf hob, richtete sie ihre schläfrigen Augen auf mich. „Blumen und Sex?", wiederholte sie.

„Blumen." Ich schnupperte an ihren Haaren. „Und Sex." Ich tauchte einen Finger in ihre Pussy und hob ihn im Anschluss, damit sie die Mischung ihrer Erregung und meines Samens sehen konnte.

Sie errötete wunderschön, aber floh nicht.

„Ich habe vor, diese Pussy wieder zu füllen. Später. Jetzt möchte ich allerdings, dass du meinen Schwanz bläst." Ich strich mit meinem feuchten Finger über ihre rosa Lippen und benetzte sie mit unserer Essenz. „Leck."

Ihre kleine Zunge schnellte hervor. Ich kam beinahe an Ort und Stelle.

„Auf deine Knie." Sie um die Taille packend, half ich ihr auf den Boden zwischen meine Knie. Sie sah mit Neugierde und Verwirrung zu mir auf.

„Ich weiß nicht wie."

Ich öffnete meine Hose und zog meinen Schwanz beim Sprechen heraus, den ich von der Wurzel zur Spitze streichelte. „Zuerst solltest du die Spitze lecken so, wie du es gerade mit meinem Finger getan hast." Als ich sie mit einem Nicken ermutigte, beugte sie sich nach vorne, tat wie geheißen und leckte über die Spitze. „Überall. Ja, genau so. Jetzt nimm sie in deinen Mund so weit, wie du sie aufnehmen kannst. Ja", zischte ich, da mich ihre unschuldigen Taten fast zum Kommen brachten. Meine Hoden zogen sich zusammen und meine Hüften ruckten nach oben, wodurch mein Schwanz tief in ihren Mund gestoßen wurde. Sie hustete, ihre Augen wurden feucht, weil ich so tief in ihren Rachen geglitten war.

„Bald wirst du in der Lage sein, mich so weit aufzunehmen. Für den Moment leg deine Hand um die Wurzel. Gut. Genau so."

Mich zurücklehnend, drückte ich mich in die Polsterung und spreizte meine Beine. Die Wonne ihres jungfräulichen Mundes war unbeschreiblich. Heiß, feucht, eng, sie blies so gut. Es dauerte nicht lange, nur spärliche wenige Minuten. „Ich werde kommen, Caro. Auf deiner Zunge. Schluck es für mich." Ich stöhnte und meine Augen schlossen sich, während ich die Intensität des Orgasmus auskostete. Caroline stellte ihre Bemühungen nicht ein, nicht einmal nach dem letzten dicken Samenschub. Ich strich mit meinen Fingern über ihre Haare und schob ihren Kopf von meinem Schwanz, der jetzt extrem empfindlich war. Sie leckte einen Tropfen weißen Samens von ihrer Lippe.

„Mein Schwanz ist noch immer hart, Baby. Ich bin

gerade gekommen und noch immer hart. Ich weiß nicht, ob ich jemals genug kriegen werde." Indem ich sie nach oben auf meinen Schoß zog, küsste ich sie und meine Hand hob sich, um ihren Busen zu umfassen.

„Heute vögeln wir." Ich blickte in ihre hellen Augen. Wie es schien, war sie genauso sehr wie ich von unserem beständigen Verlangen nacheinander überrascht. „Die Arbeit kann bis morgen warten."

———

„Warum denkst du, hat mir Mrs. Bidwell Mr. Meecham zugeteilt? Sie war zuversichtlich, dass er ein guter Ehemann sein würde." Ich stellte fest, dass meine Frau beim Nachdenken gerne mit meinen Brusthaaren spielte, in denen ihre Finger träge Kreise zogen. Sie fand das irgendwie leicht hypnotisierend und es fiel ihr leichter, frei zu sprechen, wenn sie mir nicht in die Augen sah. Vielleicht fühlte sie sich dabei so ähnlich wie ich, wenn ich mit ihren Brüsten spielte.

Wir lagen im Bett und die Sonne spähte gerade über den Horizont, wodurch das Zimmer von dem hellrosa Leuchten des frühen Morgens erfüllt war. Die Vögel zwitscherten bereits seit einer Stunde. Da das Fenster für die kühlere Nachtluft geöffnet war, hatten sie mich dazu ermuntert, meinen Tag zu beginnen. Heute faulenzte ich jedoch mit Caroline im Bett.

Gestern hatte ich mein Versprechen an sie eingehalten und den gesamten Tag nackt und mit Sex verbracht. Wenn wir das nicht getan hatten, dann hatten wir uns über das Essen hergemacht, das ich in der Küche gefunden hatte, und uns durch allerlei Köstlichkeiten gefuttert, die Mrs. Campbell gemacht und eingelagert hatte. Brot, Käse, Obst,

Schinken, Kaffee. Keiner von uns hatte großes Interesse an dem Essen, das wir verzehrten. Es machte den Anschein, als wäre Caroline genauso unersättlich nach mir, wie ich es nach ihr war. Natürlich konnte ein Orgasmus nach dem anderen eine Frau gewiss gehorsam machen.

„Das weiß ich ehrlich nicht." Es gab keine Antwort, die ich geben könnte. Im Gegensatz zu mir kannte Caroline die Frau und hatte eine bessere Vorstellung von deren Geschäft.

„Du hast erzählt, du wärst mit anderen Frauen gereist."

„Zwei. Eleanor und Emily."

„Hast du ihre Ehemänner kennengelernt?"

„Nein. Aber ich habe sie gesehen." Sie hielt inne. „Eleanor ist in August Point ausgestiegen und hat den Sheriff geheiratet. Ich erinnere mich daran, den Blechstern auf seiner Brust gesehen zu haben. Genau wie bei Mr. Stevens."

Der Sheriff von August Point. Die Stadt lag mehrere Stunden entfernt, aber hier draußen war die Welt klein. Wenn ich mich richtig erinnerte, war sein Name Ryder Graves. Würde es einen korrupten oder grausamen Sheriff in der Gegend geben, dann hätte Stevens das erzählt. Meiner Vermutung nach war der Mann ein würdiger Ehemann.

„Und der zweite Mann?"

„Emilys Ehemann. Lass mich überlegen. Wyatt... Wyatt Blake aus der Lewistown Gegend."

„Ich kenne Wyatt. Da uns beiden eine Ranch gehört und wir unsere Rinder verkaufen, verkehren wir in ähnlichen Kreisen. Er wirkt wie ein anständiger Mann."

„Mr. Meecham Senior war älter. Du sagtest, er war ein schrecklicher Mann. Wenn er auch nur ein bisschen wie sein Sohn war, dann wäre es ein Albtraum gewesen."

Ich war ganz ihrer Meinung und drückte sie beruhigend. Sie war in meinen Armen und vor Junior sicher und das sagte ich ihr auch.

„Ja, ich bin dankbar, aber ich frage mich, wie sie Mr. Meecham dermaßen falsch eingeschätzt haben konnte."

Ich rollte sie unter mich und mein Bein schob sich zwischen ihre. „Das spielt jetzt keine Rolle. Du bist mein und ich bin ziemlich zufrieden."

Sie sah durch ihre hellen Wimpern zu mir auf, während sie auf ihre Lippe biss. „Bist du das?"

„Nach allem, das wir gestern getan haben, zweifelst du noch immer daran?"

Sie errötete hübsch, aber antwortete nicht.

„Dann werde ich dir eben zeigen müssen, wie zufrieden ich bin." Indem ich ihre Beine weiter auseinanderstupste, positionierte ich meine Hüften zwischen ihren Schenkeln und stieß gegen ihre Pussy. „Ich muss nicht nachschauen, ob du feucht für mich bist. Du bist voll mit meinem Samen."

„Du bist deswegen ziemlich stolz auf dich."

Ich grinste. „Immens. Zweifelsohne wird mein Samen sofort Wurzeln schlagen, denn wir haben es angestrengt genug versucht. Aber lass uns auf Nummer sicher gehen, in Ordnung?"

11

 AROLINE

Ich wachte zu Geräuschen von unten auf. Finn hatte mich nach einer weiteren Runde Sex schlafen lassen. Der Raum war hell, die Sonne stand weit oben am Himmel. Pflichten im und um den Stall mussten erledigt werden; die Männer hatten gestern seine Aufgaben übernommen, aber er fühlte sich verpflichtet, sich heute wieder an die Arbeit zu machen. Es war seine Ranch und er musste sie leiten. Allerdings hatte er versprochen, zum Mittagessen zurückzukehren, sollte Mrs. Campbell bis dahin nicht mit Kleidung für mich zurückgekommen sein. Er schien recht erfreut darüber, dass ich nackt war und überhaupt nichts anzuziehen hatte. Er hatte mein Unterkleid ruiniert, mein Schlüpfer war verschwunden und meinem Kleid fehlten Knöpfe, die in alle Richtung auf dem Boden der Wohnstube verstreut waren. Mein Korsett war noch brauchbar, aber auch das Einzige, das ich besaß.

Nachdem ich in eines der Hemden geschlüpft war, die mir Finn von sich zum Anziehen gegeben hatte, schlich ich auf Zehenspitzen zum Treppenabsatz und spähte nach unten. Das Kleidungsstück lotterte an meiner winzigen Gestalt, weshalb ich die Ärmel hochrollen hatte müssen, um meine Hände benutzen zu können, und der Saum reichte gerade bis oberhalb meiner Knie. Es verhüllte meine Blöße auf akzeptable Weise, aber es bestünde kein Zweifel daran, was Finn und ich getrieben hatten. Bestimmt wussten alle von unseren Aktivitäten, denen wir gestern in unserer Zweisamkeit nachgegangen waren, insbesondere wegen des äußerst zufriedenen Grinsens, das Finn zur Schau gestellt hatte, als er gegangen war. Es war jedoch eine völlig andere Sache, wenn ich nur in seinem Hemd herumspazierte.

Mrs. Campbell gewährte mir einen Aufschub, indem sie mit einem in braunes Papier gewickeltem Päckchen die Treppe hochkam, sodass ich sie nicht suchen musste. Sie lächelte mich an, während sie sich auf dem Treppenabsatz zu mir stellte. „Hier sind Sie. Einige Sommerkleider für den Anfang. Zweifellos werden Sie bald selbst losziehen und sich Dinge aussuchen wollen, die Ihrem Geschmack entsprechen."

Ich erwiderte ihr Lächeln. „Vielen Dank, Ma'am. Ich steckte gewiss in der Klemme."

Beim Anblick meines Hemdes zog sie eine Braue hoch und ich errötete.

„Ihre Tasche ist unten. Ich werde sie später hochbringen."

Ich war mir nicht sicher, was ich zu der Frau sagen sollte, die ein viel besseres Verständnis als ich davon hatte, wie die Dinge hier gehandhabt wurden. „Ich... ich werde mich einfach anziehen und Finn suchen."

„Um diese Tageszeit sollte er entweder im Stall sein oder vielleicht auf der Koppel dahinter. Wenn nicht, wird einer der Männer Bescheid wissen."

Dreißig Minuten später nahm ich den Weg zum Stall. Das Haus befand sich in einiger Entfernung von den anderen Ranchgebäuden. Soweit ich sehen konnte, umfassten diese einen sehr großen Stall, eine Scheune mit einem Heuboden und einige andere Gebäude, die die Landschaft sprenkelten. Ich ging davon aus, dass das am weitesten entfernte Gebäude die Unterkunft war, in der die Männer schliefen und die in einiger Entfernung hinter den Ställen errichtet worden war.

Die Eingangstüren des Stalles waren für die warme Luft geöffnet und der strenge Geruch von Heu und Pferden begrüßte mich. Stimmen drangen von irgendwo am Ende der langen Reihe Boxen zu mir. Ich folgte dem Geräusch.

„... auf jeden Fall Meecham eins ausgewischt. Die Frau zu nehmen, die er wollte, und noch all sein Geld. Du hättest es nicht besser planen können."

„Der Mistkerl war fuchsteufelswild", sagte Finn.

Der andere Mann, dessen Stimme ich nicht erkannte, sprach: „Das glaube ich. Du hast die Bank *und* die Mine in Virginia City."

Falls Finn darauf antwortete, so hörte ich es nicht. Ich wusste, dass sie von mir sprachen, und sie bezogen sich auf die Erbschaft? Ich lehnte mich außer Sichtweite an die Wand und ließ sie reden.

„Weiß sie es?"

„Nein. Ich habe keinen Grund, es ihr zu erzählen."

„Was? Warum nicht? Angst, sie wird davonlaufen und dich verlassen?" Der Mann lachte und ich hörte einen Schlag, als hätte er Finn auf die Schulter gehauen. „Konntest du die Frau nicht befriedigen? Vielleicht befriedigt sie dich nicht?"

Der Mann mit der rätselhaften Stimme machte mich wütend. Wie konnte er es wagen, so über mich zu reden! Wie konnte Finn es wagen, bei so etwas mitzumachen. Sah Finn in mir wirklich nur einen Körper, den er vögeln konnte, und eine Frau, die anscheinend Reichtum in seine Schatzkammer brachte? Antwortete er nicht auf die Fragen des Mannes, weil ich ihn wirklich nicht befriedigt hatte?

Ich lief schnell zur Tür und in das helle Sonnenlicht. Hier konnte ich nicht bleiben! Finn war nur wie jeder andere Mann, der eine Frau für seinen persönlichen Gewinn benutzte. Er hatte mich nicht geschlagen, aber er hatte es auch nicht tun müssen. Er hatte meinen Körper gegen mich verwendet und mich praktisch mit Wonne in die Unterwerfung gezwungen. Jetzt, da er Meechams Geld – hatte er Bank gesagt? – hatte, war ich entbehrlich?

„Oh, entschuldigen Sie, Ma'am." Ich stieß gegen einen anderen Rancharbeiter, doch ich war in zu großer Eile, um mit ihm zu sprechen oder auch nur nachzuschauen, wer er war. Er hob seinen Hut an und ich spürte seinen Blick auf mir, während ich zu einem Pferd hastete, das an ein Geländer gebunden war. Vielleicht gehörte es dem Mann, den ich gerade passiert hatte. Es spielte keine Rolle.

Ich war eine fähige Reiterin. Auch wenn ich in Minneapolis nicht gerade viele Gelegenheiten dazu gehabt hatte, so hatte ich doch einen Teil meiner Jugend mit meinen Großeltern auf dem Land verbracht. Die Herausforderung für mich bestand darin, in einem langen Kleid im Herrensitz zu reiten. Nachdem ich die Zügel gelöst hatte, stellte ich meinen Fuß in den Steigbügel und schwang mein Bein über den Pferderücken. Anschließend drapierte ich all den Stoff so, dass auch mein anderes Bein in einen Steigbügel passte.

Doch es sollte nicht sein. Nicht wegen des Kleides, sondern weil ich so klein war, dass meine Füße den Bügel nicht erreichten. Das machte nichts, da ich das Pferd mit einem Ruck an den Zügeln wendete und wir davonpreschten, nachdem ich meine Schenkel in die Flanken des Pferdes gedrückt hatte. Ich folgte der Zaunlinie, die hinter dem Stall verlief. Als sie endete, ritt ich einfach geradeaus weiter, die Sonne in meinem Rücken.

Ich wusste nicht, wie weit ich gegangen und wie lange ich geritten war, bevor ich hörte, dass sich ein anderes Pferd näherte. „Caroline!"

Es war Finn.

Indem ich meinen Kopf drehte, beobachtete ich, wie er auf mich zuritt, da sich sein Pferd in schnellerem Tempo bewegte als meines. Sein Hut schützte sein Gesicht vor der Sonne, obgleich ich die harte Linie seines Kiefers sehen konnte. Er war so groß, dennoch im Sattel zu Hause, dass sich mein Körper nach ihm verzehrte. Es war, als wüsste er, dass dies der Mann war, zu dem er gehörte. Das war der Mann, der ihm solche Wonnen verschaffen konnte.

Als er neben mich ritt, schnaubte sein Pferd, atmete schwer aus und stampfte auf dem Boden. Finn streckte die Hand aus und riss die Zügel aus meinen Händen. „Was machst du hier draußen?"

„Ausreiten", erwiderte ich. War das nicht offensichtlich?

„Ja, aber warum? Warum hast du es mir nicht erzählt?"

Ich schnaubte und reckte mein Kinn. „Weil du beschäftigt warst und ich dich nicht stören wollte."

„Du bist nie eine Störung."

Warum musste er so nett klingen? Versuchte er, mich zu besänftigen, weil ich ihm Meechams gesamtes Vermögen eingebracht hatte?

Er schaute in Richtung der Ranch und dann wieder zu

mir. „Du hast keine Haube auf und deine Haut wird verbrennen. Wie kommt es, dass nicht ein einziges Haar verrutscht ist und dein Kleid keine einzige Falte hat, obwohl es hier draußen so fürchterlich heiß ist?"

Finns Hemdärmel waren wegen der Hitze nach oben gerollt worden. Er nahm seinen Hut ab und wischte sich mit dem Unterarm über die Stirn, bevor er ihn wieder aufsetzte.

„Was kümmert es dich, Finn? Du hast bekommen, was du wolltest", sagte ich mit einer Stimme, die so sauer war wie mein Magen.

„Deine Haut ist so blass." Er runzelte die Stirn. „Natürlich kümmert es mich."

Ich fuchtelte mit der Hand durch die Luft. „Nicht deswegen. Wegen Meechams Geld. Warum hast du mir nicht erzählt, dass das Erbe beträchtlich ist?"

Seine Augen weiteten sich bei der Frage. „Ich habe es dir nicht erzählt, weil es nicht von Bedeutung ist."

„Es ist nicht von Bedeutung? Eine Mine? Eine Bank? Ist das der Grund, weshalb du mich Meecham *gestohlen* hast, damit du reich werden konntest?"

Finn verengte seine Augen und starrte mich an. Er nahm seinen Hut vom Kopf und setzte ihn auf meinen, wobei er die Vorderseite so weit nach hinten neigte, dass sie mein Gesicht nicht bedeckte. Er war viel zu groß und wackelte leicht, aber ich konnte spüren, dass mein Hals und Gesicht von der weiten Krempe in Schatten getaucht wurden. „Du hast gelauscht."

Er formulierte es nicht als Frage, weshalb ich nicht antworten musste.

„Warum hast du es mir nicht erzählt? Ich habe danach gefragt, dennoch hast du vom Thema abgelenkt."

„Ja, weil es *nicht von Bedeutung ist*", wiederholte er energisch.

„Warum nicht? Weil ich nicht von Bedeutung bin? Du hast bekommen, was du wolltest, und ich bin irrelevant?"

„Als ich dich kennenlernte, hattest du Angst, ich würde dich schlagen, wenn ich wütend werde." Seine Stimme war kalt und abgehackt. *Wütend.*

Ich schluckte und erkannte meinen Fehler.

„Du bist jetzt wütend."

Er nickte. Die Sonne reflektierte von seinen roten Haaren, deren Locken wegen des Hutes in einer Linie eingedrückt waren. „Ja, Caroline. Ich bin wütend."

Ich schloss die Augen, holte tief Luft. Zählte.

„Caroline, was zur Hölle machst du?", fluchte er.

„Zählen."

„Weshalb in Dreiteufelsnamen?" Er klang entnervter als zuvor.

„Ich versuche, mich zu beruhigen."

„Vielleicht sollte ich das versuchen", murrte er. „In deiner Gegenwart muss ich mich auf jeden Fall beruhigen."

Meine Augen flogen bei seinen Worten auf. „Wirst du mich schlagen?"

„Was habe ich dir darüber gesagt?", fragte er. Sein Pferd trippelte unruhig auf der Stelle und mein Tier bewegte sich mit seinem.

„Dass du mich nicht schlagen würdest."

„Das stimmt. Du wusstest, dass ich dir kein Leid zufügen würde, ansonsten hättest du nicht meinen Zorn geweckt, indem du abfällige Bemerkungen über meinen Charakter gemacht hast."

„Das wusste ich überhaupt nicht", widersprach ich.

Seine roten Augenbrauen hoben sich. „Hast du mich gefürchtet, als du deine Meinung gesagt hast, oder erst danach, als ich dich daran erinnert habe, wie wütend du mich gemacht hast?"

Ich überdachte seine Worte. „Danach."

„Was bedeutet, dass du anfängst, mir zu vertrauen."

Dagegen hatte ich nichts vorzubringen, weshalb ich schwieg.

„Wenn du mir vertraust, wie kommst du dann auf den Gedanken, dass ich dich wegen Meechams Geld geheiratet habe?"

„Hast du mich nicht geheiratet, um ihm eins auszuwischen?" Ich umklammerte den Sattelknauf unter meinen Händen.

„Das war nur eine Dreingabe. Ich habe dich geheiratet, weil ich *dich* wollte."

„Warum wolltest du dann Meechams Geld geheim halten?"

Finn seufzte und fuhr sich mit der Hand durch die Haare. „Es ist kein Geheimnis. Ich habe dir erzählt, dass er ein Erbe hinterlassen hat. Wir wurden beide von fast zwei Tagen Sex völlig von dem Thema abgelenkt. Dir wurde schon mal der Hintern versohlt, weil du von Meecham gesprochen hast, als wir nackt waren. Ich hegte keinerlei Absicht, so schnell noch mal über ihn zu reden. Ich erzählte dir nicht von der Summe seines Geldes, weil es mich nicht interessiert."

„Dich interessiert das ganze Geld nicht? Die Bank? Die Mine?"

„Plus seine Villa in der Stadt", fügte er hinzu. „Mich interessiert gar nichts davon. Caroline, sieh dich doch um. Diese Ranch gehört mir. Alles hier gehört mir. Das Land in jede Richtung, soweit du sehen kannst. Weißt du, wie viel das wert ist? Wie viel *ich* wert bin? Ich brauche sein Geld nicht. Ich *will* sein Geld nicht. Ich bin selbst wohlhabend."

„Warum hast du mir das dann nicht erzählt?"

„Weil ich *dich* gevögelt habe. Meine Güte, Weib. Du

warst – bist – das Einzige, das ich von diesem Arrangement wollte. Nicht Meechams Zorn. Nicht das Erbe. Nichts. Nur dich."

„Oh Grundgütiger", murmelte ich und ließ meine Schultern nach unten sacken.

„Oh Grundgütiger ist richtig. Halt dich fest", befahl er mir, als er unsere Pferde wendete. Mein Bein stieß gegen seines, während wir zurück zum Stall ritten. „Du warst ein böses Mädchen, Caroline."

Dieses Mal spielte er nicht.

12

Ich fühlte mich schrecklich. Ich hatte einen Teil eines Gesprächs belauscht und nichts von dem gehört, was er mir gerade erzählt hatte. Ich hatte über seine Motive spekuliert und war vom Schlimmsten ausgegangen. Ich hatte an seinem Charakter gezweifelt und, in seinen Augen, seine Ehre in den Schmutz gezogen.

Der Heimritt dauerte unendlich lange. Finn sagte nichts mehr und ich spürte die Last, das Gewicht dieser Worte auf dem gesamten Weg. Ich *war* ein böses Mädchen gewesen. Als wir uns schließlich dem Stall näherten, war ich den Tränen nahe. Einige der Männer arbeiteten an einem Stück des Zauns, als wir zurückkehrten und schauten in unsere Richtung. Ich holte einige Male tief Luft, um meine drohenden Tränen zu unterdrücken. Ich wollte weder über mich noch Finn Schande bringen, zumindest nicht mehr als ich es bereits getan hatte.

Finn stieg von seinem Pferd ab, kam zu meinem und half mir nach unten. Daraufhin warf er Frank die Zügel zu, der auf uns gewartet hatte. „Wir werden im Stall sein. Niemand darf uns unterbrechen." Der Tonfall von Finns Worten, die Steifheit in seiner Haltung waren ein leicht zu erkennender Hinweis für den Mann, dass wir kein geheimes Stelldichein im Stall haben würden. Es hinderte mein Wangen jedoch nicht daran, sich zu röten.

Die Luft im Inneren war kühl und der scharfe Tiergeruch durchdrang die Luft. Finn hielt meine Hand und führte mich den langen Gang hinab und in eine leere Box. Die Tür war zur Seite geschoben worden und das Innere war sauber. Frisches Heu lag auf dem Boden und alles war bereit für ein Pferd. „Bleib hier."

Finn verließ die Box und ich hörte, wie sich seine Schritte entfernten. Ich spähte um den Türrahmen und beobachtete, wie er einen Sattel von einem Gestell hob und ihn über einen hüfthohen Zaun legte, der Teil eines kleinen Pferchs im Inneren des Stalls war. Was in aller Welt trieb er da? Er hatte doch gerade erst zwei gesattelte Pferde zurückgelassen. Er schnappte sich den Sattelständer und trug ihn mühelos zurück zu der Box, in der ich wartete. Ich hüpfte aus dem Weg, als er durch die Tür kam und das Gestell in der Mitte des Raumes platzierte.

Als er seine Hände an seiner Hose abwischte, bemerkte ich seine sehnigen Unterarme und seine langen Finger. Mir wurde allein bei der Erinnerung daran, was er mit diesen Fingern tun konnte, heiß. Die Vorstellung zerstob jedoch, als er mich anschaute und seine grünen Augen Funken sprühten. Er dirigierte mich mit seinem Kopf. „Über den Ständer, Caro."

Ich runzelte verwirrt die Stirn. „Was?"

„Beug dich über den Sattelständer. Es ist Zeit für deine Bestrafung."

Ich spürte, wie mir das Blut aus dem Gesicht wich, und trat einen Schritt nach hinten, wodurch ich gegen die raue Holzwand der Box stieß. „Ich dachte, du..."

Ich schluckte.

Finn seufzte. „Ich werde dich nicht schlagen. Aber ich werde dir den Hintern versohlen. Jetzt beug dich über den Ständer oder ich werde dich dort höchstpersönlich hinbringen. Mit zusätzlichen fünf Hieben."

Die Vorstellung, den Hintern versohlt zu bekommen, hatte für mich keinerlei Anreiz. Ich schielte aus der Tür.

„Caroline", warnte Finn.

Es gab nichts, das ich tun konnte. Ich war im Unrecht. Ich hatte ihn unverfroren und unverblümt beschämt und der Ehrlosigkeit beschuldigt. Würde ich versuchen, der Bestrafung zu entgehen, wäre das eine noch größere Beleidigung für ihn. Ich konnte mir nur ausmalen, was er jetzt von mir dachte.

Langsam lief ich zu dem Ständer. Ein Querbalken, ungefähr so breit wie zwei meiner Hände, wurde benutzt, um einen Sattel zu halten. Klein wie ich war, war er für mich auf Hüfthöhe. Stabile Holzbeine ragten gewinkelt aus dem Balken, um das Gestell zu stützen. Ich hatte zuvor schon einen Sattelständer gesehen, mir jedoch nie vorgestellt, dass er für so einen Zweck genutzt werden könnte.

„Komm hierher." Finn steuerte mich zu dem Ende des Ständers, nicht der Seite. Mit einer sanften Hand in meinem Rücken beugte er mich darüber. Mein Kopf ragte über das gegenüberliegende Ende und das Holz war kühl und hart unter meinem Bauch und Brust.

Finn trat um den Ständer zur Vorderseite und kniete

sich hin. Ohne ein Wort band er meine Handgelenke, erst eines, dann das andere, an die Beine des Sattelständers.

„Finn, was machst du –"

Der Ausdruck in seinen Augen brachte mich dazu, mir den Rest meiner Frage zu verkneifen. Fort war der umsichtige, zärtliche Mann, der mich wieder und wieder im Bett genommen hatte – und an anderen Orten im Haus. An seine Stelle war ein Mann getreten, der bereit war, eine unartige Ehefrau zu züchtigen. Tränen schnürten mir die Kehle zu und traten mir in die Augen. Ich mochte es nicht, Finns Blick auf diese Weise auf mich gerichtet zu sehen. Seine Enttäuschung war greifbar. Während er mich sicher mit dem Leder verschnürte, überprüfte er beide Fesseln, um sich zu vergewissern, dass sie nicht zu eng oder einschränkend waren.

Ich zerrte an seinem Werk. Die Fesseln gaben minimal nach, aber ich würde nirgendwo hingehen. Nach wie vor in der Hocke, griff Finn nach vorne, packte mein Kleid an meinem Halsansatz und zog. Das Ergebnis war, dass er einige der kleinen Knöpfe abriss. Nur ein paar lösten sich. Er war nicht grob in seinen Taten, doch die Knöpfe waren zierlich und hatten den Bemühungen seiner großen Hände nichts entgegenzusetzen. Nachdem der Stoff geteilt war, arbeitete er seine Finger tiefer und zwischen mich und den Balken. Er zerrte erneut, was weitere Knöpfe davonfliegen ließ und den Stoff weit teilte. Bald war mein Kleid zerrissen und bis zu meinem Bauchnabel geöffnet.

Er betrachtete mich, während er in mein Korsett griff und meine Brüste mühelos heraushob. In dieser Position quollen sie ohnehin fast von selbst aus dem Kleid. Ich wollte ihm Fragen stellen, aber ich wusste, sie würden auf taube Ohren fallen. Finn hatte an nichts, das ich zu sagen hatte, Interesse.

Er stand auf und verließ den Raum. Würde er mich einfach so zurücklassen? Mit entblößten Brüsten und an einen Sattelständer fixiert? Es verging höchstwahrscheinlich nur eine Minute, aber es fühlte sich viel länger an, bis er zurückkehrte. Als er sich erneut vor mich kniete, konnte ich sehen, dass er ein dünnes Seil in seiner Hand hielt. Er legte ein kurzes Stück auf den Boden und fummelte an dem anderen herum, an welchem er ein Metallstück anbrachte, vielleicht eine Gürtelschnalle oder Verschluss, der als Teil eines Zaumzeugs benutzt wurde. Finn band das kleine Objekt behände an das Ende der Schnur, dann griff er nach vorne und –

„Finn", schrie ich und versuchte, meinen Körper von ihm wegzubewegen. Er band die schmale Schnur an meine Brustwarze! Vorsichtig zog er mit einer Hand an der Spitze und wickelte die Schnur mit der anderen darum herum. Behutsam zog er sie eng um mich fest und verknotete sie. Als er losließ, baumelte die Schnur nach unten und das Gewicht des Metallstückes zog an meiner Brustwarze. „Was machst du denn? Das tut weh!"

Er war direkt vor mir, unsere Gesichter nur wenige Zentimeter voneinander entfernt. Ich konnte dasselbe harte Funkeln in seinen Augen sehen, doch jetzt war es mit einem leichten Schimmer Verlangen vermischt. Er sah hinab auf seine Handarbeit, während ich wegen des Gefühls zischte, dass meine Brustwarze straff und von dem kleinen Gewicht nach unten gezogen wurde.

„Tut es wirklich weh?", murmelte er und schnipste mit dem Finger gegen das Gewicht, was die Schnur zum Schwingen brachte. Meine Brustwarze ging mit der Bewegung mit und ich sog scharf Luft ein. Es tat nicht wirklich weh, aber es war ein konstanter Zug, eine konstante... oh meine Güte. „Ich glaube nicht."

Er befestigte zügig die andere Schnur mit einem weiteren Metallstück an meiner anderen Brustwarze, schnipste gegen das Gewicht und beobachtete, wie beide Objekte hin und her schwangen. Indem er mir in die Augen sah, musste er in der Lage gewesen sein, abschätzen zu können, wie ich mich fühlte und dass mir das hier keinen echten Schmerz verursachte, denn er nickte – für wen wusste ich nicht – und erhob sich. Als ich nach oben sah, konnte ich lediglich seinen Hosenschlitz und den harten Umriss seines Schwanzes durch den Stoff sehen.

Er lief hinter mich und ich versuchte, ihm mit den Augen zu folgen. Doch als ich meinen Kopf drehte, zog das einen Busen nach oben, was das Gewicht zum Schwingen brachte. Ich drehte mich wieder nach vorne, weil ich nicht wollte, dass das Schwingen fortfuhr. Nachdem er mein Kleid meine Beine hinaufgeschoben hatte, ballte er es an meiner Taille. Ein Fuß stieß einen von meinen weiter zur Seite, dann den anderen, sodass ich wahrhaftig geöffnet und entblößt war.

„Es gefällt mir, dass du kein Höschen anhast, Caroline. Siehst du, wie problemlos ich zu deiner Pussy gelangen kann?" Er erwartete keine Antwort und redete einfach weiter. „Dann wollen wir mal sehen, ob es dir gefällt, wenn man mit deinen Nippeln spielt."

Finger tauchten direkt in meine geöffnete Pussy. Finn holte scharf Luft. „Du bist tropfnass."

Ich versuchte, meine Hüften zu verlagern, aber das bewegte nur die Gewichte. Während ich mich so reglos verhielt, wie ich konnte, gab es nichts, das ich hätte tun können, außer Finn spielen zu lassen. Denn das war es, was seine Finger taten. Sie stimulierten mich nicht, wie sie das normalerweise taten, und verschafften mir kein Vergnügen. Sie streichelten nur über meine feuchte Mitte. Es war die pure Folter. Irgendwie machte der Zug auf meinen Brustwarzen die Berührung seiner Finger nur noch erregender, noch intensiver und ich schrie auf.

Finn schnalzte mit der Zunge. „Nein, Caroline. Böse Mädchen dürfen jetzt nicht kommen. Ich werde zurückkommen. Rühr dich nicht vom Fleck."

Er lief aus dem Raum und ich geriet in Panik.

„Finn!"

Ich hörte ihn zurückkehren und seufzte erleichtert.

„Du kannst mich nicht einfach so allein lassen", bettelte ich und drehte meinen Kopf, um zu ihm hochzuschauen. „Was, wenn mich jemand sieht?"

Er zuckte mit den Achseln, als wäre ihm das gleich. „Dann kannst du demjenigen erzählen, was du falsch gemacht hast. Ich werde nicht lange weg sein."

Dieses Mal ging er wirklich und seine Schritte verklangen vollkommen, wodurch ich allein und an einen Sattelständer gefesselt zurückblieb. Meine Brüste waren entblößt und Gewichte zogen an meinen Brustwarzen. Ich konnte die Luft an meiner feuchten Pussy spüren. Von der Tür aus könnte jeder hereinschauen und mich sehen sowie meine Pussy, die demjenigen direkt zugewandt sein würde.

Ich hörte Stimmen, aber sie waren nicht im Stall, doch ich wusste, dass sie jederzeit reinkommen könnten. Ich hielt den Atem an und lauschte so aufmerksam wie möglich, damit ich wusste, ob sie in diese Richtung kamen. Meine Haut wurde feucht von Schweiß, meine Nerven trieben mich auf eine Panikattacke zu. Meine Brustwarzen begannen zu pochen, nicht vor Schmerz, sondern vor Wonne, und meine Pussy zog sich deswegen zusammen. Ich schaute nach unten und sah, dass sie straffgezogen und rosa waren. Allein der Anblick der Schnur, mit der sie umwickelt waren, und der Gewichte, die zum Boden baumelten, brachte mich zum Stöhnen.

Schritte näherten sich wieder. Dieses Mal blieben sie nicht vor dem Gebäude, sondern kamen herein. War es Finn oder ein anderer Mann? Ich hielt die Luft an. Das Geräusch wurde lauter und stoppte gerade außerhalb der Tür. Als ich meinen Kopf drehte, sah ich Finn am Türrahmen lehnen und mich beobachten. Er schaute nicht in mein Gesicht, sondern woandershin. In seiner Hand hielt er den größten Sockenstopfer – ich erkannte ihn an dem dunkleren Holz – und das Glas Gleitmittel. Ich wusste, was als Nächstes kam.

„Du bist so wunderschön, Caroline. Ich denke, mit einem roten Hintern und dem Griff dieses Sockenstopfers, der aus deinem Hintern ragt, wirst du sogar noch hübscher sein."

Ich ließ meinen Kopf nach vorne fallen und meinen Hals entspannen. Es gab nichts, das ich tun konnte.

„Ah, so ein wunderschöner Anblick. Deine Unterwerfung erfreut mich, Caro. Es gibt nichts, das du tun kannst." Er hatte meine Gedanken Wort für Wort wiederholt. „Du musst es nicht mögen, den Hintern versohlt zu bekommen. Du musst nicht mögen, dass mit deinem Hintern gespielt wird. Du musst nicht mögen, dass deine Nippel langgezogen werden. Du kannst nur akzeptieren, dass dich einer der Männer sehen könnte. Es ist meine Entscheidung. Nicht deine. Ich gebe dir die Erlaubnis, es zu mögen. Ich gebe dir die Erlaubnis, dich dem Vergnügen hinzugeben. Obwohl das hier deine Bestrafung ist, gebe ich dir die Erlaubnis zu kommen."

Bevor ich antworten konnte, klatschte seine Handfläche auf meinen Po, die Hitze des Schlags war scharf und hell.

Ich zuckte zusammen und das brachte die Gewichte zum Schwingen. „Oh Gott", stöhnte ich.

„Halt still und nimm es hin, Caroline. Beweg dich und deine Nippel werden an Stelle deines Hinterns die Bestrafung erhalten."

Klatsch.

Dieses Mal hielt ich so still, wie ich konnte. Seine Hand traf auf eine andere Stelle als beim letzten Mal, eine andere Stelle bei jedem zusätzlichen Hieb. Wieder und wieder ließ er seine Hand auf meinen Po klatschen. „Ich wollte dich. Nur dich."

Er sprach von Meechams Geld. Seine Worte wurden von jeweils einem Hieb seiner Hand akzentuiert. Das brannte die Worte nur noch tiefer in meine Seele und ich spürte deren Intensität bis in mein Innerstes. Er benutzte meinen Körper, um mich auf den Rand einer Klippe zuzutreiben – seine Hiebe, die Möglichkeit, entdeckt zu werden, meine gestrafften Brustwarzen – und dann stieß er mich mit seinen Worten über die Kante. Ich begann zu weinen, während er mir weiterhin den Po versohlte. Ich konnte nicht stillhalten, das Weinen verhinderte das, und daher begannen die Schnüre mit den Gewichten erneut zu schwingen. Das heiße Brennen an meinem Po und das Zupfen an meinen Brustwarzen verwandelten sich in etwas Warmes, etwas Heißes unter meiner Haut. Ich konnte meine Klit pulsieren, meine Pussy auslaufen und verkrampfen spüren. Trotz meiner Tränen stand ich kurz vor dem Höhepunkt.

„Es tut mir leid, Finn. Ich wollte deine Ehre nicht infrage stellen."

Klatsch.

„Ich verstehe nicht, warum... warum du mich willst."

Seine Hand erstarrte und strich über die feurige Haut. „Warum sollte ich dich nicht wollen?"

Ich schüttelte den Kopf, verloren in den Empfindungen, die er meinem Körper entlockte. Ich ächzte, als sich der Zug auf meine Brüste verschärfte, allein aufgrund der Dauer.

„Weil... weil mich niemand jemals wirklich gewollt hat. Weil ich böse gewesen bin." Ich gestand ihm, meinen Vater getötet zu haben, aber ich sagte es nicht. Ich konnte die Worte nicht aussprechen. Er bestrafte mich dafür, dass ich seine Worte falsch gedeutet hatte und ich konnte mir nur vorstellen, was er tun würde, wenn er herausfand, dass ich eine Mörderin war. Vielleicht war diese Bestrafung angemessen. Er war zu gut für mich. Ich verdiente es, bestraft zu werden. Ich verdiente es, den Hintern versohlt zu bekommen. Ich verdiente alles, mit dem er mich züchtigte. Nichts konnte mir die *Bösartigkeit* austreiben. Er konnte es nicht tun.

„Ja, du warst böse, aber du nimmst deine Bestrafung an und wenn sie zu Ende ist, wird alles vorbei sein."

Ich hörte den Deckel des Gleitmittels, dann spürte ich seine Finger, die mit der kalten, glitschigen Substanz überzogen waren und sich gegen meinen Hintern pressten.

„Ich werde den größten Plug in dich einführen, Caroline. Wir werden genau hier bleiben, bis du ihn aufgenommen hast. Wenn die Männer vorbeikommen, kannst du ihnen erzählen, warum du in dieser Lage bist. Ich werde mit meinen Fingern anfangen, um dich vorzubereiten. Wenn du dich entspannst und mir entgegenkommst, wird es einfacher und schneller gehen."

Finn hielt sein Wort – ich lernte auf die harte Tour, dass er das immer tat – und ließ sich Zeit damit, meinen Hintern mit dem schlüpfrigen Gleitmittel einzureiben, innen und außen, wofür er seine Finger benutzte, mit denen er mich ebenfalls dehnte. Ich hatte keine Ahnung, wie lange es dauerte, bevor ich die breite, runde Spitze des Sockenstopfers gegen mich pressen fühlte. Er drückte, ich versuchte, mich zu entspannen, er kreiste mit dem Stopfer um meine Rosette, übte noch mehr Druck aus. Als er mich schließlich weiter gedehnt hatte als jemals zuvor – weiter, als ich es mir jemals ausgemalt hatte – glitt er in mich. Ich keuchte und umklammerte die Beine des Sattelständers, während mir Schweiß über die Schläfen rann. Als das fremde Objekt in mir eingebettet war, fühlte sich der kleine Griff im Vergleich dazu so schmal an meiner Öffnung an. Ich zog mich darum herum zusammen und wusste, dass er nicht so schnell aus mir rutschen würde. Er schob ihn in mich und zog ihn anschließend zurück, sodass die breitere Stelle gegen meine Öffnung stieß, dann wieder nach vorne. Es fühlte sich an, als würde er mich damit vögeln.

Ein Finger glitt über meine Falten und streifte federleicht über meine Klit. Ich kam allein von diesen hauchzarten Berührungen. Schreiend, zuckte ich in meinen Fesseln und gegen Finns Hand, die das Objekt in meinem Hintern bewegte. Meine Brustwarzen waren jetzt schmerzhaft gespannt, doch das vergrößerte das Vergnügen nur. Meine Pussy zog sich immer wieder um nichts zusammen, was mich nur zum Schluchzen brachte, halb wegen der Erlösung, die über mich hinwegspülte, aber auch wegen dem, *wie* ich kam. Alles, das er mit mir gemacht hatte, die Bestrafung, hatte mich erregt. Ich hatte nicht gemocht, was er getan hatte, aber meinem Körper hatte es eindeutig gefallen. Ich hatte keine Kontrolle, genau wie Finn gesagt hatte. Mein Körper würde tun, was auch immer Finn wollte. Und ich liebte das. Als ich gesättigt war, als mein Körper sich jedes bisschen Vergnügen genommen hatte, das möglich gewesen war, brach ich zusammen, erschlafft und erledigt.

„So." Finn strich mit einer Hand über meinen feuchten Rücken. „Genau wie ich es mir gedacht habe. Diese roten

Pobacken, der Griff, der aus deinem Hintern ragt. Straffe Nippel. Hände gefesselt. Du bist so wunderschön. Und als du gekommen bist... ich werde diesen Anblick niemals vergessen, so lange ich lebe." Seine Stimme hatte den scharfen Biss, den enttäuschten Unterton verloren. Jetzt war sie tief und sinnlich und tröstend.

Er lief um mich herum, kniete sich vor mich und strich mir die Haare aus dem Gesicht. An irgendeinem Punkt waren sie den Nadeln entwischt. „Das könnte ein bisschen wehtun", warnte er, als er erst einen Knoten, dann den anderen von meinen Brustwarzen löste. Das Blut, das zurück in die Spitzen rauschte, brachte mich zum Stöhnen, doch Finn umfing meine beiden Brüste mit seinen Händen und linderte mit seinem sanften Griff den Schmerz in meinen wunden Brustwarzen. Als Nächstes wickelte er die Seile von meinen Handgelenken und erhob sich im Anschluss.

Indem er mich um die Taille fasste, hob er mich von dem Sattelständer und zog mich an sich. Ich konnte seinen Herzschlag an meiner Wange spüren, die harte Wölbung seines Schwanzes an meinem Bauch. Mein Kleid war wieder nach unten gerutscht, aber der Stoff hatte sich an dem Griff des Sockenstopfers in meinem Po verfangen. Ich war zu erschöpft, um deswegen irgendetwas zu unternehmen.

„Geht es dir gut?", fragte er.

Ich nickte an der Vorderseite seines Hemdes.

„Ich bringe dich zurück zum Bett, damit ich dich anständig vögeln kann." Er trat zurück und sah auf mich hinab.

„Aber das Ding... mein Po", stotterte ich, selbst als ich mich darum herum zusammenzog.

„Das bleibt drin, bis wir in unser Schlafzimmer kommen."

Mein Verstand kehrte allmählich zu mir zurück, genauso wie mein Anstandsgefühl. „Mein Kleid."

„Ja, wie es scheint, ist das auch ruiniert." Finn war nicht aufgebracht, ganz im Gegenteil. Er grinste und war eindeutig zufrieden mit meinem Anblick.

Das Kleid war aufgerissen und entblößte mein Korsett. Es drückte meine Brüste weit nach oben. Die Brustwarzen waren jetzt geschwollen, dennoch kirschrot. „Jemand könnte mich sehen", wandte ich ein.

„Die Männer sind alle bis zum Mittagessen auf der südlichen Weide."

„Aber... ich dachte –"

„Niemand wird dich jemals so sehen wie ich, Caro. Jemals. Was wir tun, ist privat."

„Aber –"

„Du gehörst zu mir und nur zu mir."

13

INN

CAROLINES ANBLICK NACH IHRER BESTRAFUNG, nach ihrem Orgasmus, war eine Vision, die ich niemals vergessen würde, und das sagte ich ihr auch. Ich war wütend auf sie gewesen, aber ich würde sie niemals bestrafen, während ich wütend war. Die Wut war verraucht und allein die Enttäuschung zurückgeblieben. Enttäuschung, dass sie so schlecht von mir dachte. Doch dann wurde mir bewusst, dass sie wirklich nichts über mich wusste. Wir waren praktisch Fremde füreinander. Doch alles, das ich gesagt hatte, alles, das ich bisher für sie gemacht hatte, sei es nun, um sie zu beschützen oder zu befriedigen, hatte meinen wahren Charakter gezeigt. Trotz all dem, war sie misstrauisch.

Das bedeutete, dass das, was sie über ihren Vater erzählt hatte, wie grausam er gewesen war, dass niemand sie jemals gewollt hatte, dass sie böse gewesen war, alles Anzeichen dafür waren, dass sie verletzter war, als sie zugegeben hatte.

Körperlich, nein. Ich hatte jeden Zentimeter ihres Körpers gesehen, berührt und geschmeckt und sie war perfekt. Emotional, die Quelle ihrer Ängste und Zweifel war tief.

Was hatte ihr Vater ihr angetan? Sie hatte gesagt, dass er sie nie unanständig berührt hatte, aber dass er – zur damaligen Zeit – beabsichtigt hatte, es zu tun. Hatte jemand anderes es getan? Um in die Zukunft voranschreiten zu können und damit ich sie nicht für den Rest unseres Lebens dafür bestrafen musste, dass sie an mir zweifelte, musste ich ihr einige Antworten entlocken. Für den Moment hatte sie jedoch genug gehabt. Es war Zeit, sie zu vögeln und alles vergessen zu lassen.

Ich trug sie zurück zum Haus, wobei ich darauf achtete, nicht gegen den Griff zu stoßen, der aus ihrem Hinterteil ragte. Sie hielt aus einem Gefühl des Anstands ihr Mieder vor sich geschlossen, aber das Bild blieb in meinem Kopf haften. Als ich sie zum ersten Mal an den Sattelständer gefesselt allein gelassen hatte, war ich nach draußen gegangen und hatte mit Frank gesprochen, der die Männer für eine Stunde von den Ställen weggeführt hatte. Er wusste, dass ich Privatsphäre brauchte und war meiner Bitte ohne Murren nachgekommen. Caroline hatte nicht gewusst, dass die Männer sie nicht sehen würden, aber ich schon. Niemand würde sie sehen. Niemand würde sie berühren.

Jemals.

Als wir in unserem Zimmer waren, entkleidete ich sie, beugte sie über das Bett und zog den Plug aus ihrem Hintern. Sie ächzte, als er herauskam. Die Art, wie sich ihr Hintern um den weitesten Bereich dehnen konnte, war ein Hinweis darauf, dass sie für meinen Schwanz bereit war. Sie war eine schnelle Lernerin und ihr Körper reagierte problemlos. Ich würde damit fortfahren, den größten Plug zu verwenden, bis ich das Gefühl hatte, sie könnte mit meinem Schwanz umgehen. Ich wollte, dass es perfekt für sie wurde, wenn ich dieses jungfräuliche Loch zum ersten Mal durchbrach. Das war die ultimative Eroberung.

Das Gleitmittel glänzte im Sonnenlicht und ich beobachtete, wie sich ihre Rosette zwinkernd schloss. Ihre Pussy war ebenfalls geschwollen und schlüpfrig, gierig nach meinem Schwanz. Sie mochte bereits einmal gekommen sein, aber sie war ganz gewiss noch nicht fertig.

„Ich möchte ein kleines Mädchen mit blonden Haaren, wie du sie hast." Beim Sprechen schlüpfte ich aus meinen Kleidern. Caroline blieb dort, wo ich sie abgestellt hatte, neben dem Bett stehen, vornübergebeugt und die Hände auf der Tagesdecke. Sie beobachtete, wie ich mein Hemd zu Boden schleuderte und meine Hose nach unten schob. Mein Schwanz war hart und pochte. Er war nach oben gebogen und berührte beinahe meinen Bauchnabel. Aus der Spitze quoll mein Verlangen und ich verteilte die Flüssigkeit auf der Länge.

„Oder ein Junge mit roten Locken", entgegnete sie.

Ich trat näher und stupste mit meinem Schwanz gegen ihre Öffnung. Die Feuchtigkeit überzog die Spitze, dann drang ich tief in sie und füllte sie mit einem Stoß. Ihr Hintern war noch immer rot von meiner Hand. Dieser Anblick sorgte dafür, dass sich meine Hoden zusammenzogen und sich mein Orgasmus am Ende meiner Wirbelsäule aufbaute. Das würde schnell gehen. Ich konnte nicht lange durchhalten, nachdem ich beobachtet hatte, wie ihre Nippel straffgezogen, ihr Hintern rotgefärbt und von diesem großen Plug gefüllt worden war.

„Nein. Wir werden dieses kleine Mädchen machen." Ich packte ihre Hüften und begann, sie zu vögeln, sämtliche Sanftheit und Kontrolle entwischten mir. Eine Hand wanderte nach hinten und mein Daumen glitt mühelos in ihren Po, der nach wie vor schlüpfrig und locker war. „Genau... jetzt." Ich knirschte mit den Zähnen, als ich kam, und stöhnte wegen der Intensität des Vergnügens.

Caroline folgte mir. Sie konnte nicht anders. Ich wusste, wie ich ihrem Körper einen Orgasmus entlocken konnte. Ich kannte jede Nuance ihrer Bedürfnisse. Sie war mein.

———

AN DIESEM ABEND, als wir auf der Veranda saßen, Caroline auf meinem Schoß, brachte Frank ein Päckchen. Caroline spannte sich an und begann, bei seinem Herannahen von meinem Schoß zu klettern, doch ich hielt sie fest. Sie trug ein hellgrünes Kleid, das Mrs. Campbell in der Stadt für sie erstanden hatte. Das Kleid, welches sie heute Morgen angehabt hatte, bedurfte an den Knöpfen auf der Vorderseite einiger Reparaturarbeiten. Wenn ich in diesem Tempo weitermachte, würde sie innerhalb von drei Tagen keine brauchbaren Kleider mehr haben.

„Ma'am." Frank hob den Hut vor ihr. „Das hier kam für Sie."

Ich nickte, woraufhin Frank die Treppe hochkam und es ihr reichte.

Ich schaute auf die Handschrift auf dem braunen Papier. *Mrs. Horace Meecham, Sr. Apex, Montana Territorium.*

„Wie bist du dazu gekommen?"

„Es war eigentlich Bradley, der es abgeholt hat." Er war einer der jüngeren Rancharbeiter. „Es war Teil der Post, die an den Warenladen ging. Meecham hat in der Stadt die Nachricht verbreitet, dass du ihm seine Braut gestohlen hast. Die Stadt ist sich unschlüssig, wie die Geschichte nun lautet, da du ihnen noch keinerlei Gegenbeweis geliefert hast. Als Mr. Borman Bradley sah, erkundigte er sich nach der Wahrheit. Der Mann führt den Warenladen, der, wie du weißt, das Zentrum des Stadttratsches ist. Er wollte das Päckchen nicht an Bradley weitergeben ohne die Bestätigung, dass Sie, Mrs. Masters, tatsächlich hier wohnen. Selbst nachdem Bradley das bestätigte, ließ er Stevens für die Ehe bürgen."

„Klingt nach einem ziemlich anstrengenden Tag für Bradley."

Der junge Rancharbeiter war in sich gekehrt und niemand, der gerne tratschte. Er sprach im Allgemeinen kaum.

„Es war gut für ihn." Frank grinste. „Obwohl ich nicht damit rechne, dass er so schnell wieder in die Stadt gehen wird."

„Danke, dass Sie mir das gebracht haben", sagte Caroline.

Frank lächelte meiner Frau warm zu und lupfte erneut seinen Hut. „War mir eine Freude, Ma'am."

„Bitte richten Sie auch Bradley meinen Dank aus."

Er nickte und ließ uns allein.

Die Frage war, wer das Päckchen geschickt hatte und was darin war?

14

Ich wusste, wer das Päckchen geschickt hatte. Es konnte nur von Mrs. Bidwell sein, da sie die einzige Person war, die wusste, wohin ich gegangen war. Ich hatte keine Familie und meine Freunde – eigentlich Bekannte – hatten nie von meiner Abreise erfahren. Ich selbst hatte nur wenige Tage davon gewusst.

Da ich auf Finns Schoß positioniert war, konnte ich nicht einfach davonlaufen und es im Privaten öffnen. *Nichts* war privat zwischen uns. Nach dem, was er in der Scheune mit mir gemacht hatte, gab es keine Geheimnisse mehr.

Doch... es gab welche. Ich hatte Geheimnisse vor ihm, die ich nicht mit ihm teilen konnte. Geheimnisse, die so dunkel, so *böse* waren, dass ich die Worte nicht einmal laut aussprechen konnte. Weil ich es nicht mit ihm teilen, nicht meine Seele vor ihm ausbreiten konnte, würde das Es immer zwischen uns stehen. Es wäre wie eine unsichtbare

Mauer, die uns trennte. Ohne das Geständnis könnten wir nie wahrhaftig zusammen sein.

Er wartete geduldig, saß einfach nur da und schaute hinaus auf die Landschaft, deren Farben sich veränderten, als die Sonne zu ihrem Landeanflug ansetzte.

Das Päckchen war nichtssagend und klein, vielleicht etwas kleiner als ein Backstein, allerdings wog es nicht annähernd so viel. Mit zitternden Fingern fummelte ich an dem Knoten der Schnur herum, aber konnte ihn nicht lösen. Finn streckte seine Hand aus und ich gab ihm das Päckchen. Mit beiden Händen zog er an der Schnur, wodurch er sie zerriss als wäre sie nur ein Faden eines Spinnennetzes, dann gab er es mir zurück.

Ich respektierte seine Geduld und dass er mich das Päckchen auf meine Weise öffnen ließ. Es war an mich adressiert, nicht ihn. Aber wie alles, das ich besaß, das Erbe von Meecham und sogar ich selbst, gehörte es eigentlich ihm. Es stand außer Frage, dass Finn das wusste, er hatte es sogar immer wieder gesagt. *Mein*. Er hatte diese Worte auf die besitzergreifendsten Arten ausgesprochen.

Nachdem ich das Papier abgewickelt hatte, öffnete ich den Deckel des Holzkästchens, schob Teile des Papiers beiseite und fand ein kleines Fläschchen, das ich sofort erkannte. Mein Magen sackte ins Bodenlose und ich biss auf meine Lippe. Mir blieb keine andere Wahl, als es herauszuziehen und Finn zu zeigen.

„Laudanum?", fragte er, während er die Flasche beäugte.

Er nahm das Kästchen und Papier und ließ es neben den Stuhl auf den Verandaboden fallen. Anschließend hob er mich spielendleicht hoch und drehte mich um, sodass ich rittlings auf seiner Taille saß, meine Knie zu beiden Seiten seiner Hüften. Mein Kleid war um uns herum ganz verknotet.

„Bist du krank?", fragte er und suchte in meinem Gesicht nach Hinweisen. „Warum brauchst du Laudanum?" Ich schloss die Augen und holte Luft, doch Finn schüttelte mich leicht. „Caroline."

Ich begegnete seinem Blick, seine grünen Augen waren voller Sorge. Eine Falte grub sich in seine Stirn. „Erzähl es mir."

Ich konnte nicht. Ich konnte ihm nicht erzählen, dass ich meinen Vater mit einer Überdosis Laudanum ermordet hatte. Zum damaligen Zeitpunkt wirkte es nicht einmal wie ein Mord. Es war nicht schmerzhaft, tatsächlich war mein Vater unverdient friedlich gestorben. Er war zu betrunken gewesen, um irgendeinen Unterschied zu bemerken. Mord war Mord, ganz gleich welche Methode verwendet wurde.

„Ich bin nicht krank. Ehrlich." Ich zwang mich zu einem Lächeln, um ihn zu beruhigen. Ich brauchte es nicht, dass er sich Sorgen um mich machte. Er war so schon besitzergreifend genug.

„Warum dann? Wer hat es geschickt?"

Ich blickte hinab auf das Kästchen und griff seitlich hinein, um die Papierfetzen, die die Flasche auf ihrer Reise durch das Land gepolstert hatten, zu durchwühlen. Der Brief war an die Seite gesteckt. Mit meinen Fingern zog ich ihn heraus und setzte mich auf. Ich las die Nachricht, mir die ganze Zeit über bewusst, dass Finn mich beobachtete.

CAROLINE,

ich hoffe, es geht Ihnen gut und dass Ihre Ehe vorteilhaft ist. Ich bin mir sicher, Sie haben meine Wahl des Bräutigams infrage gestellt und können in diesem Päckchen die Antwort finden. Viele Frauen, die durch meine Versandbrautdienste einem Mann zugeordnet wurden, haben mir geschrieben und erzählt, dass sie ihre

Freiheit fanden, indem sie ihr Schicksal selbst in die Hand nahmen und einen Neuanfang wagten. Ich hoffe, dass Sie ebenfalls die Freiheit finden können, nach der Sie sich immer gesehnt haben.

Freundliche Grüße,
Mrs. Bidwell

ICH REICHTE FINN DEN BRIEF. Er las ihn einmal, blickte zu mir und las den Brief ein zweites Mal. „Was zur Hölle soll das heißen?" Er nahm mir das Laudanum ab und hielt es hoch. „Bist du danach süchtig?"

„Natürlich nicht." Ich runzelte die Stirn. „Ich habe es noch nie zuvor benutzt, außer einmal, als ich mir den Arm gebrochen habe." Ich erinnerte mich an das eine Mal, als mich mein Vater zu grob gepackt hatte und ein Knochen in meinem Unterarm wie ein Zweig in seinem Griff gebrochen war. Der Arzt hatte den Knochen ohne Weiteres mit Hilfe von Laudanum gerichtet, womit er mich ins Land der Träume befördert hatte. Ich erinnerte mich an den Geschmack, das neblige Gefühl, als ich aufgewacht war. Damals war ich dankbar gewesen, dass ich den Schmerz, wie der Knochen gerichtet wurde, verschlafen hatte, aber ich hatte es nicht gemocht. Ich war nicht sicher gewesen, wenn ich nicht wachsam gewesen war.

„Vielleicht wollte sie es mir als Brautgeschenk geben."

Ich wusste, warum sie es geschickt hatte. Der Grund war jetzt, da sie geschrieben hatte, offenkundig. Sie hatte gewusst, dass Mr. Meecham ein erbärmlicher Ehemann sein würde. Ein grausamer Mann. Ihre Nachforschungen über seinen Charakter hätten das mühelos zu Tage gefördert. Ihre Ermittlungen zu meinem Charakter hatten die Wahrheit über den Tod meines Vaters aufgedeckt. Die Polizei war nicht dahintergekommen. Sie hatten nicht hinter das Offenkundige schauen wollen – dass mein Vater an seinem eigenen Erbrochenen erstickt und gestorben war. Betrunken. Sie hatten ihn jahrelang als Säufer gekannt, da er allen gegenüber streitlustig aufgetreten war. Die Nachbarn kannten ihn ebenfalls in diesem Zustand und waren kein bisschen überrascht von seinem Tod. Gott sei Dank, sind wir den los, hatte ich einige äußern hören.

Mrs. Bidwell hatte angenommen, dass auch Mr. Meechams Nachbarn „Gott sei Dank, sind wir den los" sagen würden, wenn er in seinem Schlaf stürbe. Laut Finns Erzählungen hatte er eine Geliebte gehabt und das Bordell der Stadt frequentiert. Ich konnte mir ohne Weiteres vorstellen, dass er betrunken nach Hause zurückgekehrt war. Es wäre nicht schwierig gewesen, etwas Whisky mit Laudanum zu versetzen und ihn zu töten. Stevens hätte ebenfalls „Gott sei Dank, sind wir den los" gesagt.

Dann wäre ich frei gewesen. Eine wohlhabende Witwe mit der Freiheit, zu tun, wofür auch immer ich mich entschied. Mein eigenes Leben mit Geld und der Möglichkeit, alles zu tun, was ich nur wünschte. Die einzige Bezahlung wären einige Tage als Frau des Mannes gewesen. Mrs. Bidwell hatte gewusst, dass ich diesen Preis für die Freiheit bezahlt hätte.

Finn streckte die Hand aus und stellte die kleine Flasche auf die Verandabrüstung. „Brautgeschenk? Laudanum?"

Mein Ehemann war zu klug, um diese Worte zu glauben. Ich glaubte sie auch nicht.

„Es ist ein Rätsel, Finn."

Ich musste ihn von seinem aktuellen Gedankengang ablenken.

„Empfindest du Freiheit, wie sie sie beschrieben hat, in deiner Ehe mit mir?"

Das war eine schwierige Frage. Es war befreiend, mit einem Mann zusammen zu sein, der gut für mich war. Er war aufmerksam und sorgte sich um mich, beschützte mich. Es bestand kein Zweifel an seinem Besitzanspruch. Doch Besitzanspruch bedeutete häufig, dass man eingeschränkt war und nicht frei sein konnte. Er hatte mich an den Sattelständer gefesselt. Ich war alles andere als frei gewesen. Aber er hatte meinen Körper auf eine Weise bearbeitet, die mich zum Kommen und dem bisher intensivsten Orgasmus gebracht hatte. Das an sich war befreiend.

Es war so verwirrend!

„Es sind erst ein paar Tage", entgegnete ich.

Finn nickte leicht mit dem Kopf. Die Sonne war hinter den Wolken hervorgetaucht und brachte seine roten Haare zum Leuchten. Er sah so gut aus, hatte ein so... helles Köpfchen, dass es beinahe schmerzte ihn anzuschauen. Er war zu... gut. Wie konnte ich diesem Mann erlauben, mein Ehemann zu sein? Ich war böse und das Laudanum war nur eine Erinnerung daran.

„Ich bin nicht Meecham, Caroline."

Ich musste ihn ablenken und das Gesprächsthema komplett wechseln. Ich konnte es nicht mit Worten tun, da ich ihm nicht die Wahrheit anbieten konnte. Also musste ich stattdessen auf Taten zurückgreifen. Ich rutschte nach hinten und glitt von seinem Schoß, wodurch ich auf dem Verandaboden landete. Seine Beine auseinanderschiebend, stemmte ich mich auf meine Knie und öffnete seinen Hosenschlitz.

„Caro", sagte er mit leiser Stimme.

Ich sah durch meine Wimpern zu ihm hoch. Er betrachtete mich eindringlich, seine grünen Augen waren ganz dunkel. Er presste seine Kiefer fest aufeinander, während ich in seine Hose griff, seinen Schwanz packte und herauszog.

„Jemand könnte es sehen", murmelte er.

Das beunruhigte mich. Ich machte mir Sorgen, dass mich jemand dabei sah, wie ich den Schwanz meines Ehemannes blies. Er hatte gesagt, dass diese Art der Aufmerksamkeiten privat sei, aber ich fühlte mich mächtig, während ich seine steife Länge in meiner kleinen Hand hielt. Seine Hüften hoben sich und drückten ihn weiter in meine Hand. Ich hatte Kontrolle über ihn. Ich hatte das Sagen über sein Vergnügen.

„Dann solltest du für mich die Augen offenhalten."

Ich senkte meinen Kopf und nahm ihn augenblicklich tief auf, woraufhin ich die weite Spitze gegen meinen Rachen stupsen fühlte. Ich zügelte das Bedürfnis, zu würgen, und atmete durch die Nase. Er fühlte sich an meiner Zunge warm und hart an, die Ader, die an der Unterseite hervortrat, pulsierte in meinem Mund. Sein Geschmack war salzig und herb, so sinnlich wie die Tat an sich.

Finger streichelten über meinen Kopf und vergruben sich in meinen Haaren, zogen mich noch weiter auf ihn. Dennoch war der Griff sanft.

„Das fühlt sich so gut an", murmelte Finn, dessen Stimme so rau war, dass er genauso gut Steine hätte kauen können.

Seine Berührung, seine Worte, wie er in meinem Mund dicker und länger wurde, führten dazu, dass ich ihm glaubte. Ich befriedigte ihn. Ich ließ ihn die Kontrolle verlieren. Als ich nach oben schaute, während ich ununterbrochen an ihm saugte und meine Wangen aushöhlte, sah ich, dass sich seine Augen mit Lust verschleierten, dann zuklappten und sein Kopf nach hinten gegen die hohe Stuhllehne fiel.

Es war möglich, dass uns jemand sah, doch Finn schien zu verloren in seiner Lust, um sich darum zu scheren. Ich war zu verloren in meiner Macht über ihn, um mir deswegen Sorgen zu machen. Das hier war zwischen uns. Dieses Vergnügen war etwas, das ich ihm schenken konnte. Ich hatte nichts, war nichts, und dennoch konnte ich ihm das hier anbieten. Ich konnte dafür sorgen, dass er... mich fühlte. Ich konnte die Worte nicht sagen, ich konnte sie in meinen Taten ausdrücken.

„Schluck, Caro", sagte er, kurz bevor ich den ersten Schub heißen Samens auf meiner Zunge und gegen meinen Rachen spritzen spürte. Ich tat, wie geheißen, und schluckte immer wieder. Sein Samen war reichlich, seine Erleichterung lange. Er verspannte sich unter mir, sein ganzer Körper wurde bei seinem Orgasmus steif. Nachdem auch das letzte bisschen seines Samens meinen Mund gefüllt hatte, fuhr ich fort, seinen Schwanz zu lecken, die Spitze und die kleine Öffnung darin zu säubern.

Obgleich ich seinen Samen geschluckt hatte, lag mir sein Geschmack noch auf der Zunge. Ich hatte seine Lust in mir aufgenommen und ich fühlte meine eigene Lust darin. Ich war nicht wie er gekommen, aber ich erfreute mich an meiner Fähigkeit, mich um seine Bedürfnisse zu kümmern. Meine Brustwarzen waren hart und ich fühlte meine Erregung auf meinen Schenkeln. Sie waren immer feucht, denn sein Samen tropfte beständig aus meiner Pussy, doch das hier war mehr. Das war meine eigene Erregung, die mich für ihn bereit machte.

Bevor ich die Gelegenheit hatte, seine Hose in Ordnung zu bringen, hatte er mich auch schon hochgehoben und über seine Schulter geworfen. Mit großen Schritten und einer Hose, die locker um seine Taille hing, lief er mit mir ins Haus. „Finn!", kreischte ich überrascht.

Er verpasste meinem Po einen leichten Klaps, während er die Treppe zwei Stufen auf einmal nehmend erklomm, unsere Schlafzimmertür hinter uns zutrat und mich auf das Bett warf.

„Du hattest deinen Spaß mit mir." Er grinste, sein Schwanz war nach wie vor hart und bog sich nach oben und zu mir. „Es ist Zeit, dass ich meinen Spaß mit dir habe. Verrat mir eines, Caro, hat es dir gefallen, gefesselt zu sein?"

Meine Augen weiteten sich bei seinen Worten vor Überraschung, während meine Pussy vor Eifer auslief.

15

INN

ICH KONNTE die leicht wundgescheuerten Stellen an Carolines Handgelenken sehen. Die Ärmel ihres Kleides reichten weit genug nach unten, um sie vor anderen zu verbergen, zu denen Mrs. Campbell zählte, aber jedes Mal, wenn sie ihre Kaffeetasse hob oder ihre bereits perfekten Haare glattstrich, konnte ich die Male sehen.

Ich hatte meinen Gürtel verwendet, um sie an das Kopfbrett zu fesseln und zu nehmen. Wieder und wieder. Sie hatte Kontrolle über mich gehabt, als sie mir auf der Veranda – sehr erfolgreich – den Schwanz geblasen hatte, doch anstatt mich unser Gespräch vergessen zu lassen oder mich mit ihren weiblichen Waffen zu überwältigen, hatte sie mein Bedürfnis, sie zu besitzen, nur vergrößert. Sie kannte den Grund für das Laudanum. Caroline war keine gute Lügnerin. Mrs. Bidwell schien eine kompetente Frau zu sein, auch wenn ihre Wahl von Meecham mich und Caroline an ihren Fähigkeiten zweifeln ließ. Der Mann war ein kranker Mistkerl gewesen und hätte nicht einmal einen Hund besitzen dürfen, geschweige denn eine Frau. Sein Sohn war aus dem gleichen Holz geschnitzt. Es gab heiratsfähige Frauen in der Stadt, doch jede Mutter im Umkreis von zwanzig Meilen hielt ihre Tochter von Junior fern. Die Väter ebenfalls.

Es gab einen rätselhaften Grund hinter der Wahl, die die Frau getroffen hatte, und es hing mit dem Laudanum zusammen. Doch wie? Ich hatte vorgehabt, Caroline an das Kopfbrett zu fesseln und die Antwort aus ihr zu vögeln, doch als ich sie dort gehabt hatte, hatte ich es nicht tun können. Ich wollte nicht, dass unser Sex als Waffe benutzt wurde. Er war nur dazu gedacht, Lust zu bereiten. Sie war sogar gekommen, als ich sie heute Morgen bestraft hatte. Ich hatte ihr die Erlaubnis dazu gegeben und das war definitiv das gewesen, was sie über die Klippe gestoßen hatte. All die Dinge, die ich mit ihr gemacht hatte, das Seil und die Gewichte an ihren Nippeln, die Hiebe auf ihren Po, der größte Plug waren Beweise dafür, dass ich ihren Körper dominierte. Als sie schließlich über dem Ständer zusammengebrochen war, war ihre Unterwerfung offensichtlich gewesen. Sie würde nehmen, was auch immer ich ihr gab. Ich hatte ihr etwas Schmerz zugefügt, nur einen Hauch, um die Lust zu intensivieren, weil ich gewusst hatte, dass es sie zum Orgasmus bringen würde. Alles, das ich tat, würde ihr Vergnügen bereiten – letzten Endes.

Als ich ihre Hände also eingefangen hatte, ihr Körper in unserem Bett unter mir und meiner Gnade ausgeliefert gewesen war, hatte ich ihr nur Lust verschaffen können – letzten Endes. Ich hatte sie gevögelt, ihre Pussy geleckt und ihren Hintern erneut mit dem Plug gefüllt. Sie noch mal gevögelt. Alles, um ihr zu zeigen, dass wir dazu bestimmt waren, zusammen zu sein, dass sie die Frau für mich war. Ich war ihr *Ehemann*.

Die Wahrheit würde ans Licht kommen, aber ich war ein geduldiger Mann.

SONNTAG RITTEN wir in die Stadt, um in die Kirche zu gehen. Mrs. Campbell war zusammen mit dem Großteil der Männer vorausgegangen. Obwohl Caroline auf ihrem eigenen Pferd reiten konnte, wollte ich sie auf meinem Schoß haben. In ihrer Nähe war ich unersättlich, wollte sie immer berühren und nah bei mir haben. Ich war definitiv der Gnade meiner Frau ausgeliefert. Ja, ich war derjenige, der das Sagen hatte, und Caroline war diejenige, die sich unterwarf, aber eigentlich war ich meiner Frau gegenüber machtlos.

„Bist du dir sicher, dass mich alle ansprechend finden werden?", fragte sie, als die Stadt in Sicht kam. Das Kirchdach ragte hoch in die Luft und war meilenweit zu sehen.

Heute trug sie ein hellblaues Gingham-Kleid. Ich hatte nicht gewusst, dass es einen Namen für ein solches Muster gab, aber Mrs. Campbell hatte eine Bemerkung dazu gemacht, wie hübsch es an Caroline aussah und ich musste ihr zustimmen. Es schien, dass ihr sanfte, helle Farben gut standen, wenngleich sie in meinen Augen auch in einem Kartoffelsack gut ausgesehen hätte. Oder gar nichts. Jetzt wurde ich hart.

„Warum sollten sie das nicht tun?", fragte ich im Gegenzug.

„Mr. Meecham war unzufrieden mit mir."

Beim Namen des Mannes verzog ich finster das Gesicht. „Mit dir schien er recht zufrieden zu sein. Er war unzufrieden mit *mir*, weil ich dich ihm weggenommen habe."

„Aber –"

„Glaub mir, Caroline. Alle werden dich mögen."

Diese Antwort schien sie nicht zu besänftigen, aber nichts, das ich sonst noch sagen könnte, würde ihre in Sorgenfalten gelegte Stirn glätten. Nur ein Treffen mit den freundlichen Stadtbewohnern würde ihre Meinung ändern. Meecham war der Einzige, der mir Kopfzerbrechen bereitete.

Natürlich war er derjenige, der uns bei unserer Ankunft an der Kirche traf. Ich konnte die blecherne Musik des Kirchenklaviers zusammen mit dem Gesang der Kirchengemeinde nach draußen dringen hören. Wir waren absichtlich später angekommen, um alle dazu zu zwingen, bis nach dem Gottesdienst damit zu warten, sich vorzustellen und mit Caroline zu sprechen. Leider barg die Idee auch einen eindeutigen Nachteil, da der Dreckskerl die Gelegenheit ergriffen hatte, um uns allein zu erwischen.

Er marschierte in seinem faltenfreien Anzug und glänzenden Schuhen über den Kirchhof, um zuzuschauen, wie ich Caroline nach unten half und anschließend mein Pferd locker an die Brüstung band. Das Tier senkte sofort den Kopf und begann, die langen Halme grünen Grases zu fressen.

Meecham wischte sich mit einem Taschentuch den Schweiß von der Stirn und steckte es wieder in seine Tasche. Es war heute außergewöhnlich warm. Da es noch früh war, würde es ein für diese Jahreszeit ungewöhnlich heißer Tag werden. Caroline trat zurück, als er sie anzüglich angrinste.

„Hab gehört, du hast ein Päckchen mit der Post bekommen", sagte er zu Caroline. Seine Augen sanken tiefer zu ihren Brüsten, die züchtig von ihrem Gingham-Kleid verdeckt wurden, aber ich wusste, dass der Mann sie sich anders vorstellte.

„Jeder erhält Post, Junior", entgegnete ich und legte eine Hand auf Carolines Taille.

Als ich seinen Spitznamen benutzte, röteten sich seine Wangen.

„Sieh dich vor, Masters", warnte der Mann.

Ich drückte mein Rückgrat durch, wodurch ich den Mann um weitere zwei oder drei Zentimeter überragte. „Oder was?"

„Man weiß nie, wann Kälber sterben oder Zäune niedergerissen werden. Rinderkäufer ihre Verträge zurückziehen."

Auf seine Drohungen hin verengte ich die Augen zu Schlitzen, aber wurde nicht zornig. Er wollte, dass ich wütend wurde und um mich schlug. Es würde ihn glücklich machen, zu sehen, dass er mich auf die Palme gebracht hatte. „Wenn du uns entschuldigen würdest, wir möchten am Gottesdienst teilnehmen."

Juniors Worte waren leere Drohungen. Er konnte keine von ihnen in die Tat umsetzen. Er hatte keine Männer, die ihm den Rücken decken würden. Rinderkäufer gab es im Überfluss und wenn einer von seinem Vertrag zurücktrat, dann gäbe es einen anderen, der seine Stelle einnehmen würde. Außerdem hatte ich genug Geld zum Leben und um die Ranch in Schuss zu halten, ohne jemals wieder auch nur ein einziges Rind verkaufen zu müssen. Ich würde Carolines Erbe von Meecham Senior nicht anfassen. Junior dachte offenbar nicht richtig nach, denn sonst hätte er gewusst, dass mir mein Geld zum Leben reichen würde.

Es gab nichts mehr zu sagen, zum Teufel, ich hatte erst gar nicht mit ihm reden wollen, weshalb wir ihn stehen ließen, um in die Kirche zu gehen. Caroline nahm neben

Der Bandit

mir in der hintersten Bank Platz, da wir niemanden mit unserem späten Eintreffen stören wollten. Sie war ruhig und ihr Blick auf den Pfarrer gerichtet, aber ich wusste, sie hörte kein Wort. Ich hatte keine Ahnung, was das Thema der Predigt war, und so wie ihre Hände zappelten, wusste sie es auch nicht. Meecham war ein Problem, aber leider hatten wir den Mann alle am Hals, wenn ich ihn nicht gerade als Versandbräutigam verschickte. Ich hatte noch nie jemandem den Tod an den Hals gewünscht, aber als ich vom Ableben seines Vaters erfahren hatte, hatte ich nicht getrauert. Das waren keine Gedanken für das Haus Gottes, aber ich konnte sie nicht verhindern. Und daher lenkte ich meine Gedanken in eine andere Richtung, die von Carolines nacktem Körper und das war auch nicht angemessen für die Kirche. Aber es kühlte meinen Ärger und entspannte meine Haltung, was wiederum Caroline ein wenig beruhigte.

Ich verbrachte den Rest des Gottesdienstes damit mir vorzustellen, was ich später mit ihr tun würde. Vielleicht würden wir nicht direkt nach Hause gehen, sondern zu einer geheimen Biegung im Bach, wo man schwimmen konnte. Mir Caroline nackt und im Freien vorzustellen, verscheuchte Meecham vollständig aus meinen Gedanken.

16

AROLINE

MR. MEECHAM WUSSTE ETWAS. Ich hatte es im Funkeln in seinen Augen gesehen, als er das Päckchen erwähnt hatte. Hatte er es geöffnet? Nach dem Zustand der Schachtel und des braunen Papiers zu urteilen, war ihm während der langen Strecke von Minneapolis eine ziemlich grobe Behandlung widerfahren. Die Schnur, mit der es verschnürt gewesen war, hatte noch wie das Original gewirkt. Selbst wenn er es geöffnet hatte, würde er nicht wirklich wissen, was die Flasche Laudanum bedeutete. Finn wusste es nicht.

Der Zorn des Mannes auf Finn schien beinahe an Hass heranzureichen. Er verabscheute meinen Ehemann und das mit einer Heftigkeit, die weit darüber hinaus ging, dass er mich ihm gestohlen hatte. Ich hatte die Situation nur verschlimmert. Er hatte Finn bedroht, hatte seine Lebensgrundlage bedroht, und das nur, um mich zu treffen. Es war Finn gegenüber nicht fair, dass ich hier war. Er war nichts anderes als freundlich, großzügig, unersättlich. In Anbetracht all der verruchten Dinge, die er mit mir gemacht hatte, hätte ich die nächste Kutsche gen Osten nehmen sollen, aber er hatte das alles getan, um mich zu befriedigen. Und das hatte er. Jedes einzelne Mal und häufig mehr als einmal. Die verruchten Dinge waren intim, sinnlich, geheim und wir hatten sie miteinander geteilt. Allein.

Also hatte ich ihn befriedigt. Wenngleich ich mir dessen nicht sicher sein konnte, schien ich im Matratzensport recht fähig zu sein und der Mann genoss es. Ich ebenfalls, auf Arten, die ich mir niemals vorgestellt hatte, aber reichte das, um eine Ehe darauf zu gründen? Eine Ehe, die auf einer riesigen Lüge aufgebaut war? Über all das grübelte ich nach, während der Pfarrer sprach und Finn neben mir saß. Ich dachte sogar noch darüber nach, als der Gottesdienst vorbei war und ich mit fast der gesamten Stadt bekannt gemacht wurde. Namen kamen und gingen und ich konnte nur lächeln und mich an Finns Hand klammern. Er war mein Anker in all dem, der an meiner Seite stand und mir bei den Gesprächen half, wenn nötig.

Als wir schließlich wieder auf dem Pferd saßen und in Richtung Ranch ritten, tat mein Gesicht weh, weil ich so vielen Stadtbewohnern – die sehr nett gewirkt hatten – zugelächelt hatte, und ich genoss das Gefühl von Finns Armen um mich. Allein. Das würde ich vermissen, dieses Gefühl der Sicherheit, das ich empfand, wenn ich bei ihm war. Ich hatte mich noch nie zuvor sicher gefühlt. Hatte nie gewusst, dass die Berührung eines Mannes sanft und liebevoll anstatt grausam sein konnte. Doch ich konnte Finn im Gegenzug nicht das Gleiche anbieten. Meine Hände waren wie Gift, weil ich mit ihnen ein schreckliches Verbrechen begangen hatte. Schuldgefühle peinigten mich. Ich war für Finn nur eine halbe Ehefrau. Er verdiente so viel mehr.

Ich konnte nicht länger hierbleiben. Finns Lebenswerk war in Gefahr. Vielleicht sein eigenes Leben. Das konnte ich nicht riskieren. Ich konnte nicht riskieren, dass er wegen mir verletzt wurde. Ich hatte schon einmal Schande über ihn gebracht und mir damit nur eine Bestrafung eingehandelt. Dieses neue Niveau an Schande könnte ihn zum Geächteten der Stadt, der Rancharbeiter machen. Aller, die ihm wichtig waren. Das war ich nicht wert. Schweren Herzens – ja, es war mein Herz, das schmerzte – musste ich mir überlegen, wie ich ihn verlassen konnte.

„Du wirkst müde. Habe ich dich vom Schlafen abgehalten?" In Finns Augen tanzte der Schalk. Er hatte mich gerade vom Pferd gehoben und hielt mich noch um die Taille fest.

Ich errötete bei seiner Anspielung, denn sie entsprach der Wahrheit. Ich *war* müde und es war seine Schuld. Er hatte mich bis spät in die Nacht wachgehalten, indem er mich berührt und gevögelt hatte. Er hatte mir ins Ohr geflüstert, dass er nicht genug von mir kriegen könne. Ich hatte ihm aus ganzem Herzen zugestimmt. Ich konnte auch nicht genug von ihm kriegen. Allein die Erwähnung unserer spätabendlichen Aktivitäten ließ meinen Körper für ihn weich werden.

Aber das war nicht das, was er sah. Er sah meine Sorge, meine Resignation über das, was ich tun musste. Ich lächelte ihm schwach zu und nickte. Warum musste er nur so freundlich sein? Es wäre leicht, ihn zu verlassen, wenn er ein grausamer Mann wäre, ein erbärmlicher Mann. Er deutete mit dem Kinn zum Haus. „Ruh dich aus. Ich werde mich um das Pferd kümmern."

Ich konnte nur abermals nicken. Während er das Pferd in Richtung Stall führte, beobachtete ich ihn. Seine roten Haare, die unter seinem Hut hervorlugten. Die dunkleren

Stoppeln auf seinem Kinn, die bereits nachsprossen, obgleich er sie erst heute Morgen abrasiert hatte. Seine breiten Schultern. Seine Hände. Oh, die Magie, die er mit diesen Händen wirken konnte.

Ich war in ihn verliebt. Das war nicht zu leugnen. Genau wie er gesagt hatte, schlug die Liebe manchmal wie ein Blitz ein. Mir eine Träne wegwischend, die über meine Wange kullerte, machte ich auf dem Absatz kehrt und ging nach oben, um meine Abreise zu planen. Ich wusste nicht, wie ich es tun würde, oder wie ich es überleben würde, von Finn getrennt zu sein, aber es war zu seinem Besten.

17

Caroline war sogar noch bedrückter als zuvor. Irgendetwas lastete schwer auf ihr und dennoch erzählte sie mir nicht davon. Ich konnte nur geduldig sein und warten, hoffen, dass sie mir genug vertrauen würde, ihr dabei zu helfen, die Bürde zu tragen. Ich wusste nicht, wie groß sie war, bis nach einer Runde beinahe schon verzweifelten Vögelns. Sie hatte mich gepackt und sich an mich geklammert. Daraufhin hatte sie mich in ihren Mund genommen und ihre Kehle hinab, um meinen Samen zu schlucken. Danach war sie noch nicht fertig gewesen, sondern hatte mich praktisch angefleht, sie zu vögeln. Ich war begeistert gewesen, dass meine Frau genauso erpicht darauf war wie ich, unsere Körper zu vereinen, hatte jedoch nicht über den Grund hinter ihrer Intensität nachgedacht. Zurückblickend betrachtet, war es, als hätte sie sich verabschiedet.

Donnergrollen weckte mich, ein lautes, dröhnendes

Krachen, das mich augenblicklich aus dem Schlaf riss. Ich rollte mich herum, um nach Caroline zu schauen, doch sie war nicht da. Nachdem ich nackt aus dem Bett gestiegen war, ging ich zum Fenster, um es vor der kräftigen Brise zu schließen, die wegen des bevorstehenden Gewitters zunahm. Die Nacht war heiß, die Luft geladen von dem Regen, der sicher bald kommen würde.

„Caroline!", rief ich. Vielleicht war sie im Badezimmer.

Als ich keine Antwort erhielt, lief ich durch den Flur und fand das Zimmer leer vor. Es war keine Spur von ihr zu sehen.

„Caroline!", rief ich erneut. Nichts.

Da setzten meine Sorgen ein. Ich kehrte ins Schlafzimmer zurück, entzündete die Nachttischlampe, wodurch das Zimmer von einem hellgelben Leuchten erfüllt wurde, ehe es von einem kurzen Blitz aufgehellt wurde.

Bumm.

Das Gewitter war nahe. Sehr nahe. Das Gingham-Kleid, das sie sorgfältig über die Rückenlehne des Stuhls in der Ecke drapiert hatte, war fort. Genauso wie ihre Schuhe.

Sie war fort. Aber wo? Warum?

Ich stieg in meine Hose und dachte darüber nach, während ich meine Stiefel schnürte. Mir mein Hemd schnappend, schlüpfte ich hinein, während ich die Treppe zwei Stufen auf einmal nehmend hinabrannte und zum Stall sprintete. Der Wind wehte kräftig und peitschte mir die Haare über die Stirn. Im Stall überprüfte ich die Pferde, eine Box nach der anderen. Alle waren nervös wegen des Wetters. Ich war nervös wegen des Verschwindens meiner Frau.

Sie war nicht entführt worden. Nicht aus meinem Bett. Sie war von selbst aufgestanden, hatte die Entscheidung getroffen, und war gegangen. Aber warum? Was hatte sie dazu getrieben, das zu tun? Irgendetwas suchte sie heim. Irgendein innerer Dämon hinderte sie daran, mich ganz zu akzeptieren, ihr neues Leben zu akzeptieren. *Mich* zu akzeptieren.

Was aus ihrer Vergangenheit brachte sie dazu, etwas so Verrücktes zu tun, wie bei einem Gewitter wegzulaufen?

Das Pferd, das sie am Vortag geritten hatte, war fort. Mabel. Sie war eine sanfte Stute, lammfromm und die perfekte Größe für Caroline. Während ich mein Pferd sattelte, überlegte ich, was ihr Ziel sein könnte. Meilenweit gab es mit Ausnahme der Stadt Apex nichts. Dort könnte sie die Postkutsche entweder nach Osten oder Westen nehmen. Sie war die einzige andere Transportmöglichkeit fort von hier abgesehen von Mabel. Ihre Optionen waren begrenzt. Ausnahmsweise könnte sich die Abgeschiedenheit des Montana Territoriums zu meinem Vorteil auswirken.

18

Was hatte ich mir nur dabei gedacht? Ich strich mir zum hundertsten Mal die Haare aus den Augen. Mein ordentlicher Dutt hatte sich gelöst, weil die Nadeln herausgefallen und vom Wind hinfort getragen worden waren. Warum hatte ich eine Nacht auswählen müssen, in der es ein Gewitter gab? Ich sollte einfach zur Ranch zurückkehren und wieder ins Bett schlüpfen. Finn würde gar nicht bemerken, dass ich fort war. Es wäre so einfach zu tun. So leicht. So tröstlich. Doch am Morgen wäre ich in der gleichen misslichen Lage. Finn würde immer noch Gefahr durch Meechams Machenschaften drohen. Ich wäre noch immer schuldig.

Ich hörte die anderen Pferde nicht, bis sie mich eingeholt hatten. Die Nacht war kohlrabenschwarz, da das Gewitter den Mond verdeckte, und gab ihnen so das Überraschungsmoment. Einen kurzen Moment dachte ich, es sei

Finn, der mir gefolgt war. Das wäre leicht gewesen – und wundervoll. Bei ihm fühlte ich mich sicher und wusste, dass er mich beschützen und alles wieder gut machen würde.

Der Anblick von Meecham rief jedoch gegenteilige Gefühle bei mir hervor. Er war die letzte Person, die ich sehen wollte. Und er war nicht allein. Zwei Männer ritten mit ihm. Meecham war zuerst verblüfft, mich zu sehen – genauso wie seine Männer – doch dann breitete sich rasch ein teuflisches Lächeln auf seinem Gesicht aus. Das verhieß nichts Gutes. Ich musste hier weg. Die Fersen in die Flanken meiner Stute bohrend, lenkte ich sie an ihnen vorbei und raste im Galopp davon.

„Ihr zwei macht weiter, wie geplant. Ich hole die Frau." Meechams Stimme wurde vom Wind zu mir getragen.

Für jemanden, der so schwerfällig und plump war, war Meecham ein fähiger Reiter, der sein Pferd mühelos neben meines manövrierte und meine Zügel packte, wodurch er sie mir aus den Fingern riss. „Wir sind wohl etwas spät unterwegs, was?", fragte er.

Ich weigerte mich, zu ihm zu schauen.

„Wo ist dein Ehemann?" Das letzte Wort spuckte er aus, als wäre es etwas Ekelhaftes.

„Er kommt. Gerade hinter mir", erzählte ich ihm mit klappernden Zähnen. Es war nicht kalt – der Wind wehte heftig, aber die Luft war warm. Ich konnte das Knistern von Energie in der Luft spüren, das nur ein gewaltiges Gewitter mit sich brachte. Es war nur eine Frage der Zeit, bis sich der Himmel öffnen und es aus Eimern schütten würde. Ohne irgendeine Art Unterschlupf draußen in der Prärie zu sein, war nicht sicher. Ein Blitz durchschnitt den Himmel und erhellte Meechams Gesicht. Die Schatten verwandelten es in eine teuflische, wahnsinnige Fratze. Ich erschauderte noch mehr, dieses Mal aus Furcht.

Meecham schüttelte den Kopf, als wäre er enttäuscht von einem kleinen Kind. „Dieser Mann würde dir nicht von der Seite weichen. Denkst du wirklich, ich bin so dumm, dass ich dir glaube, er würde dich bei so einem Gewitter allein losziehen lassen, wenn er davon wüsste? Nein. Er folgt dir nicht. Er weiß nicht, wohin du gegangen bist, oder?"

„Wohin bringst du mich?", fragte ich. In der Dunkelheit wurde mein Pferd gewendet und ich verlor jeglichen Orientierungssinn.

Bumm.

Der Donner erschreckte die Pferde, die beide scheuten. Ich packte den Sattelknauf und hielt mich mit aller Kraft daran fest.

„Dahin, wo Masters nicht nach dir suchen wird."

Das klang unheilvoll. Was hatte ich nur getan? Finn würde feststellen, dass ich fort war, mich suchen und dann direkt Meecham in die Hände fallen. Genau wie es der Mann gewollt hatte. Anstatt Finn zu beschützen, hatte ich ihn unbeabsichtigt direkt in die Gefahr geführt.

19

INN

Ich schaffte es in die Stadt, kurz bevor der Regen einsetzte. Es war kein sanfter Frühlingsregen, sondern ein Wolkenbruch, eine ausgemachte Sintflut, die mich innerhalb von Sekunden bis auf die Haut durchnässte. Ich band die Zügel des Pferdes an das Geländer vor dem Gefängnis und lief um das Gebäude zu dem winzigen Haus, das für den Sheriff errichtet worden war. Für Stevens. Es brauchte zwei Versuche, während derer ich an die Tür hämmerte, bis Stevens diese öffnete, so laut war der Regen, vor allem auf seinem Metalldach.

„Sie ist fort", berichtete ich ihm.

„Caroline?" Er knöpfte sein Hemd zu, während er fragte.

„Selbstverständlich Caroline", erwiderte ich. Ich schob mir die nassen Haare aus dem Gesicht.

Er setzte sich auf einen Holzstuhl neben der Tür und zog seine Stiefel an. Anschließend hob er seinen Waffengurt von einem Haken. Ich wartete mit kaum beherrschter Geduld, während er ihn um seine Taille schnallte und in einen langen Mantel schlüpfte, der ihn, wenn auch nur teilweise, vor dem Regen schützen würde. Während er sich seinen Hut auf den Kopf drückte, schloss er die Tür hinter sich. Ich hegte keine große Hoffnung, dass er an seinem Platz bleiben würde. Dafür war der Wind einfach zu stark.

„Irgendeine Ahnung, warum sie gegangen ist? Warum sie *jetzt* gegangen ist?" Der Mann zog seine Schultern zum Schutz vor dem Regen hoch und wünschte sich vermutlich, dass er noch immer im Bett läge.

„Ich weiß es nicht, aber sie hat ein Geheimnis. Irgendetwas aus ihrer Vergangenheit, das sie mir nicht erzählt."

Wir liefen mit schnellen Schritten zum Mietstall, wobei ich mein Pferd an den Zügeln führte.

„Alle Frauen haben Geheimnisse. Das solltest du wissen", wandte Stevens ein.

„Das ist anders. Sie ist anders. Wir haben keine Geheimnisse. Bis auf dieses. Es ist keine kleine Sache, sondern etwas Großes, das sie daran hindert, sich mir vollständig hinzugeben."

„Du meinst, du hast sie noch nicht gevögelt?", wollte mein Freund wissen. Wenn es nicht er gewesen wäre, der gefragt hatte, hätte ich ihm die Nase eingeschlagen und ihn in einer Pfütze liegen gelassen.

„Natürlich habe ich sie gevögelt. Nach allen Regeln der Kunst. Und bevor du fragst, sie mag es. *Liebt* es."

Ein Bild von ihr in den Fängen eines Orgasmus füllte meinen Kopf. Ihre Haare, wild und zerzaust auf meinem Kissen. Ihr Mund geöffnet und ihre Stimme ein heiserer Schrei. Ihre Augen geschlossen. Ihre Brüste prall und voll, die Spitzen rosa und hart. Ihre Pussy, die sich um meinen Schwanz zusammenzieht und mich praktisch erwürgt.

„Dann machst du es nicht richtig", widersprach er.

Ich entspannte meine Fäuste und versuchte, mir in Erinnerung zu rufen, dass mir der Mann nicht helfen konnte, sie zu finden, wenn er bewusstlos war.

„Zuerst Meechams Haus", brachte ich zwischen zusammengepressten Zähnen hervor.

„Warum zur Hölle sollte sie dorthin gehen?"

„Das würde sie nicht. Sie hat fürchterliche Angst vor dem Mann. Vor der Kirche hat er mich heute bedroht. Die Ranch. Ich will nur sichergehen, dass er die Nacht in seinem Bett verbringt."

„Ich hätte nichts dagegen, den Dreckskerl aufzuwecken. Es juckt mich nicht, wenn wir ihn um seinen Schlaf bringen."

Ein Blitz erhellte den Himmel für den Bruchteil einer Sekunde.

„Ich bezweifle, dass er schläft. Ich bezweifle, dass irgendjemand bei diesem Wetter schläft."

„Ich habe geschlafen", murrte mein Freund. „Bevor du an die Tür gehämmert hast."

Niemand öffnete bei Meechams Haus die Tür. Das Haus war dunkel. Stevens öffnete die Tür – niemand in Apex schloss seine Tür ab – und rief nach Meecham. Keine Antwort. „Bleib hier."

Ich stand auf Meechams Türschwelle und wartete, während mein Freund das Haus durchsuchte.

„Ich habe ein schlechtes Gefühl", sagte ich zu Stevens, als er zurückkehrte.

„Du denkst, dass er Caroline hat, oder?"

„Sie würde nicht freiwillig mit ihm gehen." Ich stoppte, stand in dem strömenden Regen und dachte nach, zerbrach mir das Gehirn nach einem Ort, an den sie gegangen wäre. Wie Meecham sie hätte finden können. „Er wusste von dem

Päckchen, das für sie geliefert wurde, was zum damaligen Zeitpunkt merkwürdig wirkte. Wenn ich so recht darüber nachdenke, dann war sie seit dessen Lieferung reservierter. Ruhiger." Als ich sie vorhin gevögelt hatte, war es anders gewesen. „Er weiß etwas."

„Dann müssen wir davon ausgehen, dass er sie hat. Wo würde er sie hinbringen? Hier sind sie nicht."

„Niemand in der Stadt würde ihm helfen mit Ausnahme seines Butlers –"

„Wer zum Henker hat einen Butler?", fragte Stevens mit säuerlicher Stimme.

„ – und vielleicht seines Sekretärs."

„Der Butler wohnt hier und Bob Graham hat eine Frau und zwei Kinder. Ich bezweifle, dass sie sie dorthin bringen würden", informierte mich Stevens.

„Sie sind nicht auf der Ranch." Dann hatte ich eine plötzlich Eingebung, sie traf mich wie ein Blitz. „Die Hütte. Er weiß von ihr. Weiß, wo sie liegt. Er würde sie dorthin bringen, um mir eins auszuwischen. Wie du nur zu gut weißt, ist das der Ort, an dem ich sie geheiratet, ihre Jungfräulichkeit genommen und sie für mich beansprucht habe. Das ist der Ort, an den er sie bringen würde. Um das für mich zu zerstören."

Stevens dachte einen Augenblick nach. Nickte.

„Das würde er. Gehen wir."

20

AROLINE

Die Hütte sah noch genauso aus wie in meiner Erinnerung. Waren erst ein paar Tage vergangen, seit ich mit Finn hier war? Seit ich ihn geheiratet hatte? Mich ihm hingegeben hatte? Jetzt ließ Meecham einen kritischen Blick durch den Raum schweifen und schnitt eine Grimasse. Er hatte die schlichte Lampe entzündet, um die Dunkelheit zu verdrängen. Alles war noch genau so, wie Finn und ich es zurückgelassen hatten, bereit für denjenigen, der die Hütte als Nächstes brauchen würde. Als ich Finn dabei geholfen hatte, hatte ich mir vorgestellt, wir würden die Hütte für einen der Arbeiter vorbereiten, falls der Winter früher zuschlug, nicht für Meecham.

Ich war klatschnass, mein Kleid schwer und vollgesogen. Der Regen hatte nicht nachgelassen und trommelte beinahe ohrenbetäubend auf das Metalldach. Doch wenigstens hatten wir ein Dach über dem Kopf und waren von all dem geschützt. „Was willst du?", fragte ich, obwohl ich eine recht gute Vorstellung hatte.

„Ich will, dass Masters leidet." Der Mann schnappte sich die Decke vom Bett und wischte sich damit über das Gesicht, seinen schlabbrigen Hals. „Er hat sich genommen, was mein war."

„Wenn es um das Erbe geht, das kannst du haben."

„Natürlich kann ich das. Er wird es mir geben. Er wird mir alles geben, das meinem Vater gehört hat."

Gut, das war leicht. „Dann lass mich gehen."

Er schüttelte den Kopf, während er seine bösen Augen auf mich fixierte. „Oh, nein. Er mag mir alles andere geben, aber es gibt eine Sache, die ich ihm *nehmen* werde. Dich."

Ich schluckte die Furcht, die meine Kehle wie ein Felsbrocken blockierte.

„Geh aufs Bett."

Ich ließ meinen Blick zu dem Ort huschen, an dem mich Finn zuerst genommen hatte. Ich konnte nicht in dessen Nähe gehen, da ich nicht beschmutzen wollte, was mein Ehemann besonders gemacht hatte. Denkwürdig. Perfekt.

„Nein."

Während Meecham seine Hose öffnete, zuckte er mit den Achseln. „Es spielt keine Rolle. Ich werde dich zuerst auf dem Boden ficken. Irgendwann wirst du schon auf dem Bett landen. Hat er jemals deinen Arsch genommen? Ah, nach deinem Gesichtsausdruck zu urteilen, eher nicht."

Ich trat zurück. Einen Schritt, dann noch einen. Stieß gegen den kalten Herd.

„Es muss dir nicht gefallen. Tatsächlich wehre dich ruhig."

Er hatte seinen Schwanz aus seiner Hose gezogen und streichelte ihn. Ich wagte einen Blick in seine Richtung und wandte ihn dann rasch wieder ab, angewidert. Ich spürte

Galle hinten auf meiner Zunge. Sein Schwanz war teigig weiß wie der Rest von ihm und klein. Ich konnte aus den Augenwinkeln sehen, dass seine Faust die Länge hoch und runter glitt. Ich legte meine Hände auf das kühle Eisen des Herdes hinter mir und wusste, dass ich ihm entkommen musste.

Seine Hände auf mir, sein Schwanz in mir würden mich zerstören. Ich wäre besser dran, wäre ich tot. Er könnte Finns Berührung auslöschen. Alles verderben.

Meecham trat einen Schritt näher, die Hand nach wie vor um seinen Schwanz. Obgleich er seine Augen auf mich geheftet hatte, war er allein auf seinen Rachedurst konzentriert. Seine Wangen wurden rot, Schweiß stand ihm vor Erregung auf der Stirn.

Der Regen hatte nachgelassen, der Lärm in der Hütte hatte abgenommen, doch die Gefahr blieb bestehen.

Ich brauchte eine Waffe, irgendeine Möglichkeit, mich zu verteidigen, wenn ich unter ihm war. Als ich mich nach links und rechts drehte, erhaschte ich einen Blick auf die Kaffeekanne, die auf dem Herd stand. Ich drehte mich um, packte den Griff und wirbelte herum. Dabei schwang ich meinen Arm in einem Bogen, als ich auf Meecham zutrat, und schlug ihm mit der stumpfen Unterseite seitlich gegen das Gesicht.

Er taumelte zur Seite und seine Hände hoben sich zu seinem Kopf. Sein erigierter Schwanz lugte aus seiner Hose. Der Anblick des Mannes wäre schon fast komisch gewesen, hätte ich seine Absichten nicht gekannt.

Ich stürzte an ihm vorbei und hinaus in die Nacht. Der Regen durchnässte mich sofort und ließ meine Sicht verschwimmen. Trotz des prasselnden Regens konnte ich das Rauschen des Baches hören, der vom Gewitter angeschwollen schäumte und brodelte. Ein helles Weiß überzog den Himmel gefolgt von einem ohrenbetäubenden Krachen. Ich konnte sehen, dass das Wasser die Uferböschung überflutet hatte, auf der ich erst vor kurzem gestanden und Finn geheiratet hatte. Das Wasser tobte. Eine Sturzflut.

Wo waren die Pferde? Er hatte sie bei unserer Ankunft nicht in den kleinen Pferch gebracht, da er zu erpicht darauf gewesen war, mich in die Hütte zu schleifen. Ich blickte zurück zur Hütte aus Sorge, dass Meecham hinter mir sein könnte. Ich rannte zu dem Pferch, nur um sicher zu gehen. Leer. Ich rannte in die andere Richtung und suchte nach den Tieren. Sie waren fort. Längst verschwunden, höchstwahrscheinlich von dem Donner in die Flucht geschlagen.

„Caroline", rief Meecham mit gruseliger Stimme. Ich konnte ihn nicht sehen, aber das bedeutete, dass er mich auch nicht sehen konnte. Ich rannte, um mehr Distanz zwischen mich und diese Stimme zu bringen.

Der Boden war rutschig und ich fiel hin, landete auf meinen Händen und Knien. Ich stand auf, aber rutschte erneut aus.

„Genau, wie ich dich haben will. Auf Händen und Knien", knurrte Meecham.

Ein Blitz zerriss abermals den Himmel. Die Seite seines Gesichtes war dort, wo ich ihn getroffen hatte, rot gefleckt, seine Augen weiter aufgerissen denn je. Er war jetzt nicht nur versessen auf seinen Angriff, er war wütend. Die Kombination war schrecklich für mich.

Ich krabbelte so schnell ich konnte von ihm weg, das Geräusch des Baches war jetzt lauter. So dunkel wie es war, wusste ich nicht einmal, dass dort Wasser war, bis ich es gerade vor meinen Fingerspitzen vorbeisprudeln sah.

„Du kannst nirgendwohin. Wie ich schon sagte. Wehr dich. Ich versichere dir, das gefällt mir."

Er machte einen Satz auf mich zu. Für einen Mann mit seinem Gewicht und Umfang bewegte er sich mit erschreckender Geschwindigkeit und war auf mir und drehte mich um, bevor ich meine Hände zum Schutz heben konnte. Die Luft entwich meinen Lungen und ich versuchte, zu atmen, während meine Hände vergeblich gegen sein nasses Hemd klatschten. Mein durchtränktes Kleid stellte für ihn ein Hindernis dar, denn der Stoff erschwerte es Meecham, es hochzuheben. Ich fühlte seine kalte Hand an meiner nackten Wade, dann meinem Knie und ich wusste, dass war es. Er würde mich nicht umbringen, aber ich würde mir wünschen, ich wäre tot.

Ich spürte seinen Schwanz gegen mein Bein stoßen, während er mein Kleid nach oben zerrte. Meine Hände drückten gegen seine Schultern und meine Hüften bockten nach oben, um ihn abzuwerfen.

„Caroline!" Ich hörte meinen Namen über den Regen und das Wasser. „Caroline!"

Meecham machte weiter, da er meinen Namen nicht hörte, wie ich das getan hatte. Hatte mein Wunschdenken einen Retter heraufbeschworen?

„Caroline!" Die Stimme erklang dieses Mal lauter. Als Meecham seinen Kopf hob, wusste ich, dass es nicht meine Einbildung war. Meine Hände gruben sich in den nassen Boden, tasteten über die Grasklumpen. Meine linke Hand glitt ins Wasser und wurde von der starken Strömung mühelos nach unten gedrückt. Dort, unter meinen Fingern, war ein glatter Stein. Indem ich daran kratzte, schob ich meine Finger darum. Packte ihn.

„Caroline!" Es war Finn. Ich würde seine Stimme überall erkennen.

„Hier!", brüllte ich zurück.

Meecham erstarrte, eine Hand auf meinem Schenkel,

den Kopf in die Richtung von Finns Stimme gedreht. Ich ergriff meine Gelegenheit, die einzige Gelegenheit, die Meecham mir bieten würde. Meinen Arm hebend, schwang ich ihn nach oben und schlug ihn so fest ich konnte. Der Stein erzeugte ein knackendes Geräusch an seinem Schädel, als er auf diesen krachte. Einen Augenblick hielt er verblüfft inne, dann brach er auf mir zusammen.

Ich stemmte mich gegen ihn und versuchte angestrengt, mich unter seinem toten Gewicht hervor zu winden. Oh Gott, er war tot.

„Hilfe, Finn, bitte hilf mir."

Die Männer tauchten aus der Dunkelheit auf und knieten sich neben mich, gerade als ich mich unter Meecham hervorgewälzt hatte. Es waren Finn und der Sheriff. Finn zog mich auf die Knie und in seine Arme, während Stevens nach Meecham sah.

Mein Ehemann war so nass wie ich, aber das war mir egal. Seine Arme lagen um mich und hielten mich so fest, dass ich kaum atmen konnte. Nichts war mehr von Bedeutung, außer dem Gefühl seines schlagenden Herzens an meiner Wange und dass er in Sicherheit war.

„Er ist tot."

Ich versteifte mich bei Stevens Worten. Tot. Ich hatte Meecham getötet.

„Ich... ich wollte ihn nicht töten. Finn, du musst verstehen, ich hatte nicht vor, es zu tun. Nicht wie beim letzten Mal –"

Ich realisierte, dass meine Gedanken mit mir durchgegangen waren und meine Panik meine Vernunft überwältigt hatte. Ich hätte beinahe gesagt, anders wie beim letzten Mal, als ich meinen Vater absichtlich getötet hatte. Hoffentlich hatte er mich über den Regen und den Bach nicht gehört.

Finn umfasste mein Gesicht und neigte meinen Kopf

nach oben zu seinem. „Es spielt keine Rolle. Nichts spielt eine Rolle, solange du nur in Sicherheit bist. Hat er dir wehgetan?"

Sein wilder Blick glitt über meinen Körper. Seine Haare waren dunkler und klebten an seinem Kopf, seine Augen waren schwarz in der Dunkelheit, doch seine Hände fühlten sich heiß auf meiner Haut an.

Ich schüttelte den Kopf. „Nein. Er hat mir nicht wehgetan."

„Gut. Dann werde ich den Mistkerl nicht noch einmal umbringen müssen."

21

INN

Der Anblick von Caroline, die unter Meecham eingekeilt war, war etwas, das ich niemals vergessen würde. Entsetzen packte mein Herz, als seine bleiche Haut hell im Licht eines Blitzes aufleuchtete. Was dabei ebenfalls hell sichtbar wurde, war sein Schwanz, der aus der Dunkelheit seiner Hose ragte. Ich sprintete zu ihnen, meine Füße unsicher auf dem rutschigen Untergrund. Stevens musste das Gleiche wie ich gesehen haben, da sein Tempo meinem entsprach. Ganz plötzlich erstarrte Meecham und brach anschließend auf Caroline zusammen.

Ich rutschte auf meinen Knien über den wassergetränkten Boden, um sie zu erreichen. Unterdessen mühte sie sich damit ab, unter dem schlaffen Körper des Mistkerls hervorzukriechen. Erst, als ich sie in meinen Armen hielt und spüren konnte, wie ihre tiefen Atemzüge meine Arme bewegten, war ich beruhigt. Ich fühlte ein hartes Objekt an meinen Rippen, schaute nach unten und sah, dass sie einen Stein mit festem Griff umklammerte. Langsam entwand ich das Objekt ihrem Griff, begegnete Stevens' Blick über ihren Kopf hinweg und reichte es ihm.

Stevens nickte einmal, aber sagte nichts.

Meecham hatte sie nicht verletzt. Er *hätte* sie vergewaltigt. Das stand außer Frage. Wären wir nur wenige Momente später gekommen, wäre es ihm gelungen. Der Schwanz des Mistkerls war draußen, Carolines Kleid oben und um ihre Schenkel gewickelt gewesen. Sie in meine Arme nehmend, stand ich auf. Ihre Größe und Gewicht waren so gering, obwohl ihre Kleider tropfnass waren.

„Ich bringe sie aus dem Regen."

Ich ließ Stevens keine Gelegenheit, mir zu antworten. Es war auch keine von Nöten. Wir waren wegen Caroline gekommen. Meecham war bedeutungslos. Außerdem war er tot.

Caroline hatte ihn getötet. Von einem Herzschlag auf den anderen hatte sie einen Mann getötet.

Die Tür der Hütte stand offen, die Lampe war entzündet. Auf dem Boden waren Pfützen, was bedeutete, dass sie zuerst drinnen gewesen waren. Die Kaffeekanne lag zusammen mit einigen Blutspritzern auf dem Boden.

Caroline hatte gesagt, sie sei nicht verletzt. Ich hatte auch kein Blut an ihr gesehen, aber der Regen hätte es wegspülen können. Ich platzierte sie so, dass sie auf der Bettkante saß und ich vor ihr kniete. Im Licht war ich in der Lage, endlich einen guten Blick auf sie werfen zu können.

„Bist du dir sicher, dass du nicht verletzt bist? Da ist Blut auf dem Boden." Ich glitt mit meinen Händen über ihr Gesicht, ihren Hinterkopf, ihren Hals, über ihre Schultern. Ich streichelte über ihren ganzen Körper, während sie dort saß und mich schweigend gewähren ließ. Ich hob die Decke vom Boden und machte mich daran, sie darin einzuwickeln.

Sie hielt eine Hand hoch. „Nein. Nicht die." Ihre Augen weiteten sich, als sie sie anstarrte. „Meecham hat sie angefasst."

Ich ließ sie wieder auf den Boden fallen. Morgen würde ich sie verbrennen. Ich würde die ganze Hütte niederbrennen, wenn sie das wollte.

Das Betttuch packend, riss ich es von der Matratze und wickelte es um Caroline. Im Anschluss benutzte ich eine Ecke des Tuches, um ihr Gesicht und ihre klatschnassen Haare zu trocken.

Stevens kam herein, seine Stiefel polterten schwer über den Holzboden. Er zog den Stuhl unter dem Tisch hervor, drehte ihn um und setzte sich darauf. Wasser tropfte auf den Boden unter ihm.

„Warum bist du mit ihm mitgegangen, Caroline?", fragte ich.

Ihre blauen Augen loderten. „Ich bin nicht mit ihm mitgegangen! Ich habe dich verlassen."

Mein Herz sank.

Tränen traten ihr in die Augen, liefen über und ihre Wangen hinab.

„Du wolltest Meecham."

Sie machte Anstalten, aufzustehen, doch ich hielt sie spielendleicht nach unten. „Natürlich wollte ich Meecham nicht. Er… er ist schrecklich. Ich… konnte nicht mehr bei dir bleiben."

„Warum? War es so schlimm? Habe ich dir wehgetan? Ich habe dich nie geschlagen."

Ihre Augen waren so verstört und flehten mich praktisch an. „Du warst perfekt. So perfekt." Ihre kleine Hand hob sich, um über meine Wange zu streicheln.

„Sie haben jemanden umgebracht."

Ich drehte mich, um zu Stevens zu schauen, der dort auf dem Stuhl zusammengesunken saß und Caroline beobachtete, während er sprach.

Anhand von Carolines Gesichtsausdruck wusste ich sofort, dass sie es getan hatte.

„Wie –"

„Sie haben es draußen gesagt." Stevens deutete mit dem Kopf in Richtung des Baches. Obwohl die Tür geschlossen war, war das Wasserrauschen laut zu hören. Der Regen hatte zum Glück ein wenig nachgelassen.

„Beginne mit dem Anfang, Caroline." Ich nahm ihre Hand von meiner Wange und hielt sie fest.

Sie blickte auf unsere ineinander verschränkten Hände.

„Ich *tötete* Meecham. Das war ein Unfall. Mein Vater. Ich *ermordete* meinen Vater."

Was? Sie hatte ihren Vater ermordet? Das war sicherlich aus Notwehr geschehen. Sie hatte die Worte getötet und ermordet verwendet, als hätten sie zwei unterschiedliche Bedeutungen.

„Wie?", wollte Stevens wissen.

Carolines Augen huschten zu meinen, dann zurück zu unseren Händen. „Laudanum."

Zum Teufel. Der Brief von Mrs. Bidwell ergab jetzt Sinn. Alles ergab Sinn. „Sie hat dich mit Meecham Senior gepaart in dem Wissen, dass er ein gewalttätiges Arschloch war, und dir das Laudanum geschickt, damit du ihn töten kannst. Sie wusste, was du mit deinem Vater gemacht hast."

„Sie hat mir meine Freiheit gegeben", erwiderte sie.

„Zu welchem Preis?", fragte ich mit lauter werdender Stimme. „Sie hat von dir erwartet, was? Drei, vier Tage der Gnade des alten Mannes ausgeliefert zu sein? Er hätte dich gevögelt. Dir wehgetan. Dich benutzt. Du wärst fürs Lebens gezeichnet gewesen. Auf jeden Fall emotional, möglicherweise sogar körperlich. Wofür?"

Da stand ich auf und tigerte durch den kleinen Raum.

„Du bist keine Frau, also verstehst du das nicht."

Mit einer Hand über meine Haare streichend, wirbelte ich zu ihr herum. Sie wirkte so klein, so schutzlos, wie sie dort saß. Dennoch war sie eine Mörderin. „Dessen solltest du dir mittlerweile sehr bewusst sein", murrte ich. „Na schön. Erzähl mir, was ich nicht verstehe."

Sie blickte zu Stevens, dann zu mir. Hielt meinen Blick. „Frauen haben keine Wahlmöglichkeiten. Keine Fluchtmöglichkeiten aus einer erbärmlichen Existenz. Mein Vater war schrecklich. Grausam. Bösartig. Ich hätte alles getan, um von ihm frei zu sein. Ich tat es. Mrs. Bidwell wusste das und sie wusste auch, dass ein oder zwei Tage mit Meecham Senior ein Preis waren, den ich zu zahlen gewillt wäre. Ich hätte es ertragen und dann wäre ich frei gewesen. Reich und frei, mit meinem Leben zu tun, was ich wollte."

Ich wollte sie nicht verstehen, aber ich tat es. Das Leben einer Frau hing von der Gnade des Mannes in ihrem Leben ab. Als Witwe mit entsprechenden Mitteln wäre sie wahrhaftig frei gewesen. Mrs. Bidwell hatte ihr all das praktisch in den Schoß gelegt.

„Werden Sie mich verhaften?", fragte sie Stevens, das Kinn gereckt.

Gott, ich liebte sie. In diesem Moment wusste ich, dass ich sie für den Rest meines Lebens lieben würde. Sie hatte den Mann, der ihre Kindheit zerstört hatte, getötet – nein, ermordet – und sie war gewillt, sich den Konsequenzen zu stellen. Zum Teufel, Männer töteten sehr viel grauenvoller wegen eines simplen Kartenspiels. Wenn mich ein Mann schlüge, würde ich zurückschlagen. Die Regeln des Westens waren anders. Streitigkeiten wurden auf die altmodische

Weise geregelt, ohne dass sich das Gesetz großartig einmischte.

Caroline dachte, dass es mich interessieren würde, dass sie den Mann ermordet hatte, der sie jahrelang verprügelt hatte? „Meine Güte, Caroline, er wird dich nicht verhaften. Vermutlich wird er dir eine Medaille schenken, weil du dieses Arschloch aus dem Verkehr gezogen hast. Dein Vater hat dich *geschlagen*. Das war Notwehr."

Tränen strömten ohne Unterlass über ihr Gesicht, während sie sprach. Anstatt sich zu verteidigen, erzählte sie uns, warum sie ins Gefängnis sollte. Warum sie des Mordes schuldig war. Sie war entschieden zu ehrenhaft.

„Ja, aber ich habe es geplant. Die ganze Sache."

„Es mag vorsätzlich gewesen sein, aber es war Notwehr", wiederholte ich.

„Hat die Polizei Sie befragt?", erkundigte sich Stevens.

Sie nickte und wischte mit dem Handrücken ihre Tränen weg. „Ja. Sie wussten, dass er ein Säufer war, und erklärten es zu einem Unfall."

„Das war Ihre Absicht, stimmt's?"

Ich stand auf und hörte einfach nur zu, während Stevens ihre Schuld einzuschätzen versuchte. Das war es. Schuld. Sie fühlte sich schuldig für ihr schlimmes Verbrechen.

„Ja. Niemand hätte mich geheiratet, da mich mein Vater stets wegsperrte. Niemand wollte sich an eine Frau binden, die einen miserablen Vater hatte. Wer würde schon in so eine Familie einheiraten wollen? Außerdem, wenn der Vater ein Säufer ist, würde auch die Tochter Säufer gebären."

Sie war so zynisch, so grausam zu sich selbst.

„Du denkst, dass unsere Kinder so sein werden?", fragte ich sie. „Das kleine Mädchen mit den blonden Haaren – das, welches wir neulich nachts gemacht haben?"

Stevens schüttelte den Kopf und verdrehte die Augen.

„Nein, aber –"

„Du bist gegangen, weil du dachtest, dass was? Dass du nicht gut genug für mich bist?"

Daraufhin erhob sie sich, aber musste dennoch ihren Kopf nach hinten neigen, um zu mir hochschauen zu können. „Du bist zu gut für mich."

Ich lachte höhnisch. „Zu gut für dich."

„Hast du irgendeine Ahnung, was für wahnsinnige Dinge er gemacht hat?", fragte Stevens in dem Versuch, sich kurz zu halten.

„Ich bin eine Mörderin, Finn", sagte sie eindringlich.

„Ein Bandit", fügte ich hinzu. „Als wir heirateten, hieltest du mich für einen Banditen. Aber du wolltest mich trotzdem."

Sie schüttelte den Kopf. „Das tat ich nicht. Nicht zu dem Zeitpunkt."

„Du tatst es zehn Minuten später, als ich dein Jungfernhäutchen nahm und dich zum Kommen brachte."

Daraufhin kehrte die Farbe in ihre Wangen zurück. Gut.

„Wirst du Caroline verhaften?", stellte ich Stevens die Frage, wandte den Blick jedoch nicht von Caroline.

„Wenn der Mann so schlimm war, wie Sie sagten, dann ist es gut, dass wir ihn los sind. Notwehr. Die Polizei in Minneapolis hat das Gleiche gesagt."

„Warum würdest du mich wollen?", fragte sie, nach all diesem Gerede noch immer verunsichert.

„Weil ich dich liebe, du närrisches Weib!", brüllte ich. Nun, da der Regen aufgehört hatte, dröhnte meine Stimme laut durch die Hütte. Das Gewitter war weitergezogen, doch der rauschende Bach würde sich keinesfalls vor morgen legen.

Stevens stand auf. „Meine Aufgabe hier ist erledigt. Ich gehe nach Hause."

„Willst du nicht hierbleiben?", fragte ich ihn.

Kopfschüttelnd antwortete er. „Nicht mit euch beiden. Hilf mir mit Meechams Leiche und ich werde mich aus dem Staub machen." Stevens ging hinaus in die Dunkelheit.

Gut. Ich wollte meinen Freund so sehr loswerden, wie er nach Hause gehen und wieder in sein warmes, trockenes Bett schlüpfen wollte. Ich musste Caroline meine Ergebenheit beweisen und dass sie zu mir gehörte, Mörderin hin oder her. „Bleib hier, Caroline. Wir sind noch nicht fertig."

Ich drehte mich zur Tür, doch Stevens tauchte wieder auf. „Er ist fort."

Ein Moment der Panik quetschte mir die Lungen zusammen. „Fort? Ich dachte, du hättest gesagt, er sei tot!" Er könnte Caroline wieder aufspüren und noch mal versuchen, sie zu verletzen.

„Er war mausetot. Der Bach ist noch weiter angestiegen. Mindestens zwei Meter. Hat ihn weggespült. Ich werde ein paar Männer nehmen und mit ihnen nach Sonnenaufgang bachabwärts nach der Leiche suchen."

Ich drehte mich zum Fenster, konnte jedoch nichts außer vollkommener Schwärze sehen. „Dann ist es vorbei."

„Es ist vorbei."

22

AROLINE

Ich war so erleichtert, dass Meecham wahrhaftig tot war, dass ich auf dem Bett zusammensackte. Meine Hände begannen zu zittern, während mein Verstand, Bilder von ihm auf mir hervorrief. Ich konnte sein Gewicht spüren, das so schwer war, dass er mir die Luft aus den Lungen presste. Seine Hände waren für solch einen großen Mann klein und ungebärdig gewesen. Seine Stimme nasal und bitter. Er war alles, das Finn nicht war. Dunkel im Gegensatz zu Hell. Grausam im Gegensatz zu Freundlich.

„Caroline."

Beim Klang von Finns Stimme sah ich auf. Sie hatte die tiefere Oktave angenommen, von der ich wusste, dass sie normalerweise bedeutete, dass er wütend oder enttäuscht war. Doch sein Gesichtsausdruck passte nicht zu seinem Tonfall. Die Tür war wieder geschlossen und Stevens fort. Wir waren allein.

„Steh auf, damit ich dich aus deinen nassen Kleidern rausholen kann."

Das tat ich widerstandslos. Er öffnete zügig die Knöpfe meines Kleides und zog mich nackt aus.

„Du warst ein böses Mädchen."

„Ich weiß. Ich habe einen Mann ermordet. Nein. Ich habe zwei Männer ermordet. Ich werde am Morgen gehen."

Langsam zog er den Gürtel aus seiner Hose. „Hast du nicht gehört, dass ich gesagt habe, ich liebe dich?" Er trat einen Schritt auf mich zu.

„Doch", erwiderte ich leise.

„Denkst du, es juckt mich, dass du deinen Vater ermordet hast?"

„Ja", antwortete ich. Es musste ihn stören. Er war zu gut, um etwas so Böses zwischen uns kommen zu lassen.

„Mich interessiert vielmehr, dass du zu etwas Derartigem zurückgreifen musstest, um dich zu retten. Es. War. Notwehr." Den letzten Teil betonte er deutlich, während er meine Hände packte und durch die Schlaufe zog, die er mit seinem Gürtel kreiert hatte. Dann zog er ihn zu. „Ich bin froh, dass er tot ist und ich bin froh, dass du es getan hast. Du hast die Kontrolle über dein Leben übernommen, über seine Taten und ihn wie einen tollwütigen Hund um die Ecke gebracht."

„Wirklich?" Es störte ihn wirklich nicht, dass ich so kaltblütig war. „Warum fesselst du meine Handgelenke?"

Er beantwortete meine Frage nicht. „Geh auf das Bett. Hände und Knie."

Als ich tat wie geheißen, fragte er: „Hast du vor, mich zu töten?"

Ich schaute über meine Schulter zu ihm. Er zog sich gerade aus und ließ die vollgesogenen Kleidungsstücke auf den Boden fallen, während seine Augen meinen Körper verschlangen. Ich erschauderte bei der Glut, die ich darin vorfand. „Natürlich nicht." Die Vorstellung war unsinnig. Als er das Ende des Gürtels ergriff und um das Metallgestänge des Kopfbrettes wickelte, fragte ich: „Was... was machst du?"

„Dich daran hindern, zu gehen. Dich ans Bett zu fesseln funktioniert da genauso gut wie alles andere, bis ich dich dazu bringen kann, mir zuzuhören. Glaub mir."

Ich zerrte an dem Gürtel, aber er gab nicht nach. Er war eng um meine Handgelenke gebunden und ich konnte nicht entkommen.

„Meecham hat dich angefasst."

Ich schloss die Augen, als ich mich an das Gefühl erinnerte. „Ja."

„Wo?" Finn hatte mich nicht berührt, außer um meine Handgelenke zu fesseln.

„Meine... meine Beine."

„Das ist alles?" Seine Hände landeten zuerst auf meinen Waden und liebkosten die Haut zärtlich.

Ich nickte.

„Ich werde Meechams Berührung auslöschen, Caroline. Dieser Ort, diese Hütte, das alles ist besonders. Für mich. Für uns."

„Ja", keuchte ich, da ich einer Meinung mit ihm war. Seine Hände wanderten höher, über meine Knie und die Innenseiten meiner Schenkel hoch und runter. Allerdings kam er nicht in die Nähe der Stelle, wo ich mir seine Berührung am meisten wünschte. Meine Pussy.

„Ich werde der einzige Mann sein, den du kennst. Ich werde deinen Verstand dermaßen mit Gedanken ans uns, gemeinsam, füllen, dass du diesen Mistkerl für immer vergessen wirst."

Er glitt über meinen Po, meine Hüften und um meine Taille und über meinen Bauch.

„Liebst du mich, Caro?"

Ich drehte meinen Kopf, um zu ihm zu schauen. Seine Haare trockneten jetzt und schimmerten im Lampenlicht wie poliertes Kupfer. In seinen grünen Augen loderte Verlangen, aber auch ein Hauch von Verzweiflung. Er hatte gesagt, er liebe mich. Aus freien Stücken heraus und ohne Zwang und ich hatte die Worte nicht erwidert.

„Ja", murmelte ich und beobachtete, wie etwas anderes, etwas Warmes und Beruhigtes die Vorsicht ersetzte.

„Warum bist du dann gegangen?", fragte er, während seine Hände meine Brüste umfingen.

„Oh Gott." Ich schloss meine Augen und krümmte meinen Rücken, um seine Handflächen besser auszufüllen. Er schlug mir auf den Po.

„Nein, Caroline." Er zog seine Hände weg. „Du hast hier nicht das Sagen. Warum?"

Ich seufzte, als er mich abermals umfasste und ich das Kribbeln spürte, das seine Hand auf meinem Hinterteil hinterlassen hatte. Die Haut wurde heiß. „Ich wollte nicht, dass du verletzt wirst. Meecham bedrohte dich, alles nur wegen mir. Er wusste irgendwie von dem Brief. Vielleicht hat es ihm der Mann im Warenladen erzählt, ich weiß es nicht. Aber er wollte dir schaden."

„Ich hätte es mit ihm aufnehmen können, Caroline." Seine Stimme war düster, seine Hände lagen nach wie vor auf meinen Brüsten und hielten sie einfach nur wie zwei wertvolle Objekte.

„Ich meine nicht in einem Kampf. Irgendwie hätte er dich bezahlen lassen. Er hätte deine Ranch zerstört, deine Rinder verletzt. Und das alles nur wegen mir. Oh! Er hatte heute Nacht zwei Männer bei sich. Meecham brachte mich hierher, aber sagte ihnen, sie sollten wie geplant fortfahren."

Finn zuckte mit den Achseln. „Ich kann erraten, wer die Männer sind. Sie sind nicht gefährlich. Sie zerstören vielleicht einen Zaun, aber das ist alles. Ich werde mich morgen um sie kümmern." Er schien so unbesorgt wegen des Ganzen, als wäre es nicht wichtig. Vielleicht war es das für ihn auch nicht. „Jetzt werde ich mich um dich kümmern. Sag mir, Caroline, bist du gegangen, weil du dir Sorgen wegen Meecham gemacht hast?" Seine Finger zupften an der Brustwarze.

„Auf eine Art schon. Obwohl du wusstest, dass sein Zorn auf dich mir geschuldet war, interessierte dich das nicht. Du warst nur nett, freundlich, leidenschaftlich und ich verdiene dich nicht. Warum sollte eine Mörderin... Gutheit bekommen?"

Seine Hände fielen von meinem Körper und ich spürte, wie das Bett einsank, als er sein Gewicht verlagerte. Ich hörte den Knall auf meinem Po, bevor ich ihn spürte. Dieser einzelne Hieb war so viel stärker als der letzte. Der war im Vergleich dazu schon beinahe spielerisch gewesen. Noch einer und noch einer prasselten auf mich nieder.

„Du entscheidest nicht, was ich verdiene. Du entscheidest nicht, was ich denke. Das Einzige, das du entscheiden musst, ist, ob du mit mir zusammen sein willst. Nicht weil du böse oder gut warst, sondern wegen dem, was dein Herz dir sagt."

Er versohlte mir den Hintern, wobei er mit jedem Schwung seiner Hand eine andere Stelle traf. Es war schmerzhaft und ich schloss die Augen. Das Brennen nahm zu und breitete sich auf meinem gesamten Hintern aus. „Finn!"

„Wie lautet deine Entscheidung, Caroline?"

Klatsch.

Nicht weil ich böse oder gut war. „Ich..."

Klatsch.

Nur wegen dem, was mein Herz mir sagte. Mein Herz hatte mir die ganze Zeit gesagt, dass er der Richtige für mich war. „Ich will dich."

Klatsch.

„Ich liebe dich", schrie ich, während Tränen über meine Wangen kullerten.

„Wirst du mich noch mal verlassen?"

Klatsch.

Ich schüttelte den Kopf, wobei meine feuchten Haare hin und her schwangen. „Nein."

Klatsch.

„Wirst du noch mal Dinge vor mir geheim halten?"

Klatsch.

„Nein! Nein, Finn. Ich gehöre zu dir." Ich senkte meine Schultern auf die Matratze, meinen Kopf auf das Kissen zwischen meinen Unterarmen.

Seine Hand auf meinem Po erstarrte und streichelte beruhigend über das erhitzte, brennende Fleisch. Daraufhin glitt er über meine schlüpfrigen Falten. Ich konnte hören, wie feucht ich war.

„Das stimmt. Du gehörst zu mir." Oh, es fühlte sich so gut an. Mein Herz platzte praktisch vor Freude, weil ich nun wusste, dass mich dieser Mann wollte, samt meiner Vergangenheit und allem. Ihm war egal, was ich getan hatte. Er wollte nur *mich*. Liebte mich. *Ich war sein.*

Meine Haut erwachte bei seiner sanften Berührung zum Leben. Er mied jedoch meine Klitoris und tauchte nicht in mich, um mich zu füllen, sondern streichelte nur über mein erhitztes Fleisch und dann nach oben zu meinem Hintereingang. „Es ist Zeit, Caroline. Es ist Zeit, dich vollständig zu der Meinen zu machen. Dich überall zu nehmen, dich mit meinem Samen zu markieren, und zwar endlich in jedem Loch."

Er entfernte sich kurz, wobei sich das Bett bewegte. Dann kam er mit einem vertrauten Glas zurück.

„Ich hab das Glas hier gelassen, unberührt. Damals hattest du mich so sehr verzaubert, dass ich nur deine Pussy wollte. Jetzt jedoch werde ich deinen Hintern erobern."

Er tauchte zwei Finger in das Glas und zog sie bedeckt mit dem glitschigen Gleitmittel wieder heraus. Er machte nicht langsam, sondern verteilte das Gleitmittel um meinen Hintereingang und dann in mir. Dabei tauchte er seine Finger immer wieder in das Glas, um mehr Gleitmittel hinzuzufügen. „Du dehnst dich jetzt problemlos, Caro."

Ich war diesbezüglich nicht so zuversichtlich, wie er das zu sein schien, denn ich musste mich bewusst auf der Matratze entspannen und seinen Fingern entgegen drängen, während er sie in mich einführte. Mir war nicht länger kalt, mein Körper stand von seinen Zuwendungen in Flammen. Er bearbeitete mich dort, glitt rein und raus, drehte und spreizte seine Finger in mir, um mich auf seinen Schwanz vorzubereiten. Ich wollte nicht die Sockenstopfer, die er zu Hause verwendet hatte. Ich wollte nicht mehr seinen Finger. Ich wollte seinen Schwanz. Ich wollte ihn. Ich *brauchte* ihn.

Meine Augen waren fest zusammengekniffen, während ich durch seine Dominanz meines Körpers atmete, denn das war es mit Sicherheit. Pure Dominanz. Ich konnte nichts anderes tun, als anzunehmen, was er mit mir machte. Ich wollte es auch nicht anders, weil ich wusste, dass er mich wertschätzen und mir Lust verschaffen würde. Er mochte grob sein, aber ich wollte es grob. Er konnte auch sanft sein, aber er würde wissen, ob ich es sanft brauchte. Gerade jetzt wusste er, dass ich erobert werden musste, vermutlich genauso sehr, wie er mich dominieren wollte.

Indem er hinter mich trat, stieß sein Schwanz gegen die Öffnung meines Geschlechts und drang hinein. Unterdessen füllten seine Finger meinen Po. Ich hatte nicht damit gerechnet, dass er meine Pussy vögeln würde, da ich dachte, er würde allein mein jungfräuliches Loch nehmen. Bei dem Eindringen schrie ich vor Wonne auf. Seine Hüften bewegten sich, rammten seinen Schwanz so hart in mich, dass das Kopfbrett gegen die Wand krachte.

„Mein, Caroline. Sag es."

Ich atmete bei jedem Stoß aus. „Ich bin dein. Oh, Finn. Ja. Bitte!"

„Bitte was?" Er war nicht sanft, sondern beharrlich in seinen Bewegungen. Ich konnte nichts tun, außer die Empfindungen zu genießen, die er meinem Körper entrang. Wenn er in diesem Tempo weitermachte, würde ich schnell kommen. Als ob er meine Gedanken lesen könnte und mich reizen wollte, zog er sich aus mir zurück und ließ meine inneren Muskeln sich um nichts zusammenziehen. Ich fühlte mich leer. Beraubt. Währenddessen vögelten seine Finger ohne Unterlass meinen Hintern.

„Ich brauche dich."

„So wie ich dich brauche", sagte er und zog seine Finger heraus. Er tauchte sie ein weiteres Mal in das Glas und ich sah zu, wie er seinen Schwanz damit einrieb, bis er in dem goldenen Licht glänzte.

Leiser Donner grollte in der Ferne, aber ansonsten war alles still und nur die Geräusche unseres Sex durchdrangen die Luft. Der Geruch war kräftig und berauschend.

Ich spürte das kühle Gleitmittel an der breiten Spitze

seines Schwanzes, während er ihn an meinem Hintereingang platzierte. „Atme aus, Caroline. Drück dich nach hinten."

Er presste nach vorne, langsam, so furchtbar langsam. „Ich schaue zu, wie du dich für mich öffnest. Stück für Stück dehnst du dich. Oh, du bist so umwerfend, Baby." Seine Worte wurden abgehackter, atemloser, als ihn sein Verlangen übermannte. Dennoch blieb er sanft, aber kraftvoll.

Mein Körper konnte seinem bedürftigen Schwanz keinen Widerstand leisten, da die große Spitze in einem schnellen Stoß den Muskelring durchbrach, woraufhin ich stöhnte. Die Dehnung hatte gebrannt, doch jetzt verwandelte sie sich durch das Gefühl, unfassbar gefüllt zu sein. Er war so viel größer als der letzte Plug. Sein Fleisch war warm, schlüpfrig, dennoch steif im Inneren.

Finn stöhnte ebenfalls, als er sich in Bewegung setzte und langsam immer weiter in mich glitt. *So eng. Ich liebe es, dich um meinen Schwanz gedehnt zu sehen. Du nimmst alles von mir auf. So tief. Ich werde dich so hart vögeln. Erwürgst meinen Schwanz.*

Er beugte sich über mich, seine Brusthaare kitzelten meinen Rücken, seine Arme waren steif, während er anfing, mich zu vögeln.

„Ich bin so voll", keuchte ich. Es stimmte. Er war so tief in mir vergraben und dehnte mich so weit, dass ich das Gefühl hatte, er wäre vollständig in mir, als wären wir eins. Er besaß mich wahrhaftig.

„Du bist so eng, Caroline, ich muss kommen." Sein Schwanz stieß tief in mich, einmal, zweimal, dann stöhnte Finn, ein tiefer irdischer Laut, während ich spürte, wie sein Schwanz noch länger wurde und dann wie mich sein heißer Samen füllte.

Ich war nah dran, aber noch nicht gekommen. Ich taumelte an der Kante, wild vor Verlangen, meine eigene Erlösung zu finden. Meine Pussy fühlte sich leer an, seit er sich daraus zurückgezogen hatte. Jetzt, als er seinen Schwanz langsam aus meinem Po zog, fühlte ich mich vollkommen leer. „Finn", schrie ich, dieses Mal aus Verzweiflung.

Meine Welt drehte sich, als ich auf den Rücken gerollt wurde, Finn meine Beine grob spreizte und meine Knie nach hinten bog. Er betrachtete mich mit scharfen, lusterfüllten Augen. „Ich bin noch nicht fertig." Seine Hände gingen zu seinem Gürtel und öffneten den Knoten, wodurch meine Hände freikamen. „Ich habe gerade erst angefangen. Ich werde deine Pussy lecken, Caroline, und du wirst für mich kommen, dann werden wir alles noch einmal tun."

Er senkte seinen Kopf, ohne weitere Vorwarnung, zwischen meine Schenkel und attackierte meine Klit förmlich. Meine Hände wühlten sich in seine roten Haare. „Sie ist so hart für mich. Jetzt komm."

Es brauchte nur ein oder zwei flüchtige Berührungen der kleinen Perle, dass ich meine Erlösung hinausschrie. Mein Körper war straff gespannt und meine inneren Wände verkrampften sich, kontrahierten und erkämpften sich auch das letzte bisschen Wonne. Als die Empfindungen verebbten, hob Finn seinen Kopf. „Ich hab dir doch gesagt, dass ich noch nicht fertig bin. Noch einmal." Er stimulierte abermals meine Klit. Und noch mal, bis ich mich unter ihm wand und das Vergnügen beinahe schmerzhaft wurde.

Ich öffnete meine Augen, um über die Länge meines Körpers zu ihm zu schauen. Seinen lockigen roten Haaren, den dunklen Barstoppeln, seinen glänzenden Lippen, seinen grünen Augen, die mir alles zeigten, das er war. Ich vergrub meine Finger in seinen Haaren, doch er packte meine Handgelenke.

„Oh, nein, meine kleine Verbrecherin. Jetzt gibt es kein Entkommen mehr."

Nein, es gab kein Entkommen mehr – und das war völlig in Ordnung für mich.

MÖCHTEST DU NOCH MEHR?

Weißt du was? Ich habe eine kleine Bonus Geschichte für dich. Also melde dich für meinen deutschsprachigen Newsletter an. Durch das Eintragen in die Liste wirst du auch über meine neuesten Veröffentlichungen informiert, sobald sie erscheinen (und du erhältst ein kostenloses Buch...wow!)

Wie immer...vielen Dank, dass du meine Bücher liest und mit auf diesen wilden Ritt kommst!

HOLEN SIE SICH IHR KOSTENLOSES BUCH!

Tragen Sie sich in meine E-Mail Liste ein, um als erstes von Neuerscheinungen, kostenlosen Büchern, Sonderpreisen und anderen Zugaben zu erfahren.

kostenlosecowboyromantik.com

WEBSITE-LISTE ALLER VANESSA VALE-BÜCHER IN DEUTSCHER SPRACHE.

Klick hier.

https://vanessavaleauthor.com/book-categories/deutsch/

ÜBER DIE AUTORIN

Vanessa Vale ist die USA Today Bestseller Autorin von sexy Liebesromanen, unter anderem ihrer beliebten historischen Bridgewater Reihe und heißen zeitgenössischen Liebesromanen. Vanessa schreibt über unverfrorene Bad Boys, die sich nicht einfach nur verlieben, sondern Hals über Kopf in die Liebe stürzen. Ihre Bücher wurden über eine Million Mal verkauft und sind weltweit in mehreren Sprachen im E-Book-, Print- und Audioformat erhältlich, ja sogar als Onlinespiel. Wenn sie nicht schreibt, erfreut sich Vanessa an dem Wahnsinn, zwei Jungen großzuziehen, und versucht herauszufinden, wie viele Mahlzeiten sie mit einem Schnellkochtopf zubereiten kann. Obwohl sie im Umgang mit den Sozialen Medien nicht ganz so geübt ist wie ihre Kinder, liebt sie es, mit ihren Lesern zu interagieren.

BookBub

www.vanessavaleauthor.com

www.ingramcontent.com/pod-product-compliance
Lightning Source LLC
LaVergne TN
LVHW011829060526
838200LV00053B/3953